Cascade POLICIER

W0392102

COLLECTION
Cascade

JAY BENNETT

ALLÔ ! ICI LE TUEUR

RAGEOT-ÉDITEUR

Cet ouvrage a paru aux U.S.A. sous le titre :
SAY HELLO TO THE HIT MAN
chez Dell Publishing Co, Inc. – New York
Traduction : Paul Thiès
Couverture : Nicollet
ISBN 2-7002-0467-0
ISSN 1142-8252

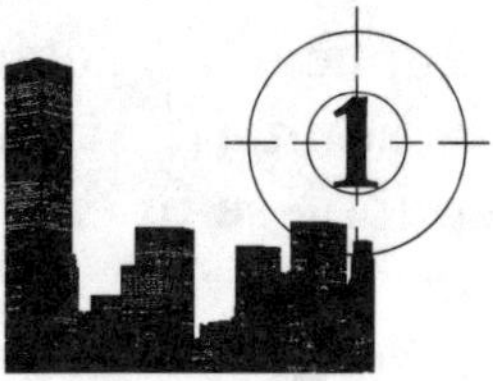

Tout commença alors qu'il était assis dans le petit salon de son minuscule appartement de l'East Village[1].

Installé sur son vieux divan, il lisait *Le Roi Lear* et surlignait certains passages au feutre jaune, de façon à pouvoir intervenir lors de la discussion qui aurait lieu le lendemain, pendant le cours du professeur Elwood.

À l'exception de la lumière de sa lampe, la pièce était plongée dans une totale obscurité.

Dehors, le ciel new-yorkais était froid et clair ; il allait neiger à nouveau.

Le garçon remuait les lèvres en silence. Il s'agissait de l'une des tirades les plus amères et les plus désenchantées du roi Lear.

1. L'East Village est la partie est de Greenwich Village, quartier new-yorkais qui s'apparente au Quartier Latin, à Paris.

Il lisait avec application, détachant chaque mot, lorsque la sonnerie stridente et inattendue du téléphone se fit entendre.

Fred Morgan se leva, posa soigneusement son livre sur le sofa et se dirigea vers la sombre cuisine. La sonnerie se faisait insistante. Le téléphone brillait contre le mur.

À travers la fenêtre étroite de la pièce, il aperçut les cordes à linge nues sur fond de nuit et, derrière elles, la forme noire de l'immeuble d'en face.

Aucune fenêtre n'était éclairée. Il réalisa qu'il était très tard.

Fred s'adossa au mur, songeant toujours à Lear et à ses paroles désespérées. Après un nouveau coup d'œil dehors, il décrocha.

La sonnerie s'interrompit, comme si on l'avait tranchée au couteau.

– Allô ?

– Fred Morgan ?

C'était une voix d'homme, sourde et tranquille.

– Oui ?

Il entendait cette voix pour la première fois.

– J'ai un message pour toi, Fred. Tu as le bonjour du tueur.

Fred frissonna. Il se sentait incapable de proférer le moindre son. Dehors, un coup de vent fit vibrer les cordes à linge.

– Tu vas mourir, continua la voix.

– Quoi !

Fred serra le combiné dans sa main.

– Qui êtes-vous ? De quoi parlez-vous ?

– C'est pour bientôt, Fred.

– Pourquoi ? Qu'est-ce que j'ai fait ?

– Tu ne le sais pas ?

– Je ne sais pas quoi ?

Il regarda une nouvelle fois par la fenêtre et réalisa que ses mains tremblaient violemment. Ses paumes étaient moites et glacées. En face, une lumière s'alluma, puis s'éteignit.

La voix reprit :

– Tu transpires, petit. Et ça ne fait que commencer. Tu en as pour un bout de temps d'ici la fin.

– Nom d'un chien, qu'est-ce que vous racontez ?

Il criait presque.

L'inconnu eut un petit rire.

– Tu vas mourir. Cela prendra un certain

temps parce que tel est notre bon plaisir. Mais tu vas mourir.

La voix se tut un instant avant de répéter :

– Tu as le bonjour du tueur.

Un rire léger, métallique, à vous glacer le sang et puis plus rien. Fred perçut un déclic sec tandis que le silence l'enveloppait.

2

La neige s'était mise à tomber à flocons doux et aériens. Assis dans la classe, il les contemplait à travers les carreaux.

Une fois le cours terminé, il se leva et alla regarder Washington Square[1] par la fenêtre. Il attendit que les autres étudiants sortent. Grand et maigre, les cheveux châtains, il avait un regard brun et franc qui semblait troublé et distrait. Il se rendit bientôt compte qu'elle était debout près de lui, regardant comme lui la neige recouvrir les allées et les bancs du square.

– Salut Térésa, dit-il doucement, sans se retourner.

Elle paraissait petite à ses côtés, ses longs cheveux noirs brillants tombaient sur ses épaules. Ses yeux étaient foncés et rieurs.

1. Washington Square : grand square se trouvant dans Greenwich Village, au départ de la 5e avenue, reconnaissable à son arc de triomphe (très semblable à celui du Carrousel).

Il y eut un silence puis elle effleura la longue main du garçon.

– Tu vas au prochain cours ?

Il ne répondit pas. Ils étaient seuls à présent dans la salle. Derrière eux, se succédaient des rangées de sièges vides.

– Il ne reste plus beaucoup de temps, Fred.

Il continuait à regarder par la fenêtre les silhouettes sombres des promeneurs qui se détachaient sur la neige, et le ciel gris qui pesait sur la ville entière.

– Il y a quelque chose qui ne va pas ?

– Non, rien.

– Tu n'as pas l'air dans ton assiette aujourd'hui.

– Non.

– Tu as des problèmes ?

Il se tourna lentement vers elle.

– Que veux-tu dire ?

Elle haussa les épaules.

– Je ne sais pas. Je te demande, c'est tout.

– Tout va bien, répliqua-t-il d'un ton brusque.

Il se retourna vers la fenêtre.

– Hier, tu paraissais de bonne humeur, murmura-t-elle.

– Ça, c'était hier.

Ses lèvres étaient serrées. Après un moment d'hésitation, elle demanda :

– C'est à cause de moi, Fred ?
– De toi ?
– J'avais tout d'un coup l'impression...
– Térésa, tu n'as...
Il se tut.
– C'est parce que je n'ai pas pu aller avec toi voir le film de Bergman ?
– On ira une autre fois.
Elle secoua la tête.
– Je devais rentrer chez moi, Fred, je te l'ai dit. Tu ne semblais pourtant pas fâché.
– Je ne suis pas fâché contre toi, Térésa.
Elle se rapprocha de lui.
– Je voulais passer chez toi, hier soir. Mais il fallait que je fasse quelque chose pour mon père, c'était important.
– Alors, tu es restée.
– Fred, je serais venue.
Ses yeux étaient suppliants.
– C'est une chance que tu n'aies pas pu, déclara-t-il brutalement.
Elle rougit et s'éloigna de lui.
– Térésa, dit-il d'une voix lasse mais affectueuse, j'avais du travail, un point c'est tout. C'est vrai. Tu le sais bien.
Elle le dévisagea et poussa un léger soupir.
– Il vaut mieux aller au cours, on va être en retard.
Il ne bougea pas.

Le couloir qui longeait la salle était silencieux à présent, ni mouvements, ni conversations. Vide et muet, il paraissait peuplé d'ombres à Fred. Il se remit à observer la neige, blanche et monotone. « Neige silencieuse, neige secrète, songea-t-il… neige sanglante. »

– Je crois que je vais sécher, dit-il.

– Pourquoi ?

– Parce que je n'ai pas envie de rester assis à écouter l'histoire des Tudor. Ça ne me dit rien.

– Tu aimes ça d'habitude.

– D'habitude…

Il se tourna vers elle.

– J'ai quelque chose à faire, Térésa.

Les yeux sombres de la jeune fille le scrutèrent.

– Je suppose que c'est très important.

– Oui.

– Tu veux m'en parler ?

– Non.

Il secoua la tête. À son regard, il comprit qu'il venait de la blesser et il se souvint de leur première rencontre, à la rentrée précédente, dans une classe qui donnait sur le square, pendant un cours d'anglais.

Ils étaient assis l'un à côté de l'autre. C'était son premier jour de fac et il se sentait seul et perdu. Le soleil brillait à travers le carreau ; en se retournant, il s'était rendu compte qu'elle était assise près de lui.

Elle avait parlé la première :

– Je m'appelle Térésa Rizzo.

– Et moi Fred. Fred Morgan.

Elle avait déjà son regard amical et scrutateur, un regard qui semblait le pénétrer et comprendre sa solitude.

Le cours n'avait pas encore commencé ; au fond de la salle, ils avaient l'impression d'être seuls, dans un îlot de silence, rien qu'à eux.

– C'est bien ici, tu ne trouves pas, Fred ? Je sens que je vais aimer cet endroit.

– Moi aussi.

– Ce n'est pas comme l'une de ces facs genre Princeton, avec un campus superbe, dans une petite ville qui vit au rythme de l'université. Mais ça a du caractère, qu'est-ce que tu en penses ?

– Il y a le square en bas, dehors. Cela peut nous servir de campus.

– Je crois que c'est une bonne fac. Elle a une excellente réputation en tout cas.

– C'est la moindre des choses vu le prix.

Elle approuva et se mit à rire. Il avait observé son visage animé, écouté son rire léger, et s'était senti réconforté.

– Je ris parce que c'est mon père qui paye. Je suis fille unique et il a de l'argent.

Fred sourit.

– Il te gâte sûrement.

Elle acquiesça et ses yeux sombres étincelèrent.

– Cela nous fait plaisir à tous les deux. Et toi ?

– Moi ?

– Ton père te paye tes études ?

– Mon père ?

Son visage s'était figé.

– Non, lâcha-t-il enfin.

Le souvenir se dissipa. Fred Morgan se détourna de la fenêtre mouillée de neige.

– Je te verrai demain, Térésa.

– Tu m'appelleras ce soir ?

– Pourquoi ?

– Juste... juste pour me dire si tout va bien.

– Tout va bien.

Il lui caressa doucement les cheveux puis s'éloigna dans la pénombre du couloir.

3

Fred marchait dans le parc lorsqu'il entendit quelqu'un l'appeler par son nom. Il se retourna et attendit l'homme qui s'approchait à travers les rafales de neige. Il reconnut le professeur Elwood.

– Je peux faire un bout de chemin avec vous, Morgan ? demanda le professeur.

Mince, presque aussi grand que Fred, il possédait d'épais cheveux blancs et des yeux bleus, vifs et brillants.

– Je vais vers la quatrième rue, et vous ?

– Au métro.

Ils se remirent en marche, inclinant un peu la tête, leurs cheveux mouillés, blancs de flocons. Elwood désigna la neige légère et tourbillonnante.

– J'adore ce temps. Je viens d'une région neigeuse, au nord du Minnesota.

Un homme les dépassa, tête baissée pour se protéger des rafales, puis ils se retrouvèrent seuls.

– Maintenant, mon petit-fils habite la ferme. J'y vais chaque été et à Noël. Je préfère Noël, parce que la neige est toujours au rendez-vous.

Il se tourna vers Fred et demanda :

– Et vous, Morgan, d'où êtes-vous ?

– D'ici.

– Vous aimez la neige ?

– Je l'aimais.

– Et puis ?

– Un jour, ça m'a passé.

– Pourquoi ?

Fred haussa les épaules.

– Peut-être que je suis devenu adulte ce jour-là. Peut-être que je me suis soudain rendu compte que mon enfance était terminée, qu'elle ne reviendrait jamais. Je ne sais pas.

– Il s'est passé quelque chose de spécial ce jour-là ?

– Oui.

– Quoi donc ? Vous voulez me le dire ?

– J'ai découvert qui était vraiment mon père, quel genre d'homme il était en réalité.

– Que voulez-vous dire ?

Fred faillit répondre, mais il se raidit subitement et serra les lèvres.

– Inutile d'entrer dans les détails.

– Comme vous voulez, fit doucement Elwood.

Après avoir marché un moment en silence, le vieil homme reprit :

– Vous habitez chez vos parents, Morgan ?

Fred secoua la tête :

– Non.

Les yeux vifs d'Elwood scrutèrent le jeune homme.

– Il sont encore vivants ?

– Un seul.

– Votre père ou votre mère ?

– Mon père.

Elwood le sonda du regard.

– Et vous n'habitez pas avec lui.

– Je vis seul, dans l'East Village.

– Ah...

Ils dépassèrent la statue de Garibaldi. Il y avait déjà des petits paquets de neige sur le visage et l'épée du héros.

– La neige a l'air de tenir, dit Elwood.

– On dirait.

– L'hiver sera rude. Un hiver de tragédie, si j'ose dire.

De sa main nue, il balaya les flocons qui recouvraient son manteau puis s'arrêta brusquement. Il se tourna lentement vers Fred.

– Quels sont vos projets, Morgan ?

– Mes projets ?

Fred s'immobilisa dans la neige ; le professeur l'observait attentivement.

– Votre avenir. Que voulez-vous devenir ?

– Oh...

– Eh bien ?

– Professeur. Je voudrais être professeur.

Elwood attendit qu'il poursuive.

– Mais professeur d'un genre spécial.

– Que voulez-vous dire ?

Ils ne prêtaient plus attention à la neige qui continuait de tomber. Face à face, ils n'étaient attentifs qu'à eux-mêmes.

– J'aimerais m'occuper d'enfants qui ne savent pas lire. Je voudrais servir à quelque chose.

– Continuez...

– Je crois qu'il est pire pour un enfant d'être illettré qu'infirme. Sa vie est gâchée, quoi qu'il fasse, de quelque côté qu'il se tourne. De tels enfants sont des sacrifiés, d'éternels perdants.

Son regard était devenu fervent et presque désespéré. Sa voix passionnée traversait le rideau de neige.

– Et ce n'est pas juste, c'est dégoûtant. Ils devraient avoir leur chance. Je veux les aider. Peut-être que je ne...

Il s'interrompit puis continua à voix basse :

– Peut-être que je ne vivrai pas assez vieux pour faire ça. Je... je ne sais pas.

Sa voix s'éteignit et il redevint silencieux.

– Vous voulez vous accomplir, approuva le vieil homme. Je crois que je comprends vos préoccupations.

– Non, dit Fred.

– Morgan, je suis persuadé que votre vie sera longue et bien remplie.

« Vous ne comprenez pas, songea Fred avec lassitude. Ils veulent me tuer. »

– Je suis heureux que nous ayons discuté. Vous avez éveillé ma curiosité dès le premier cours.

– Pourquoi ?

Le regard de l'homme était amical.

– Pourquoi ? redemanda Fred.

– Parce qu'après une vie passée à enseigner, on sent ces choses-là, un petit quelque chose d'inhabituel chez un étudiant... quelqu'un de doué, d'écorché vif...

– D'écorché vif ?

– Oui.

– Qui ne l'est pas de nos jours ? lança Fred presque amèrement. Tous les gens de mon âge le sont, vous ne croyez pas, professeur Elwood ?

– C'est vrai, approuva Elwood.

Mais Fred ne l'écoutait pas.

– Le monde entier va droit en enfer, à

toute vitesse. Comment ne pas être tourmenté, anxieux, désespéré, dès qu'on possède un cerveau et un minimum de sentiment... Comment ne pas l'être ?

Sa voix se brisa :

– Comment ne pas l'être ?

La neige tombait implacablement entre eux.

– C'est vrai, vous avez raison. Et pourtant, vous voulez vous rendre utile. Vous parlez de vos projets avec un grand enthousiasme, Morgan.

Fred le regarda et haussa les épaules.

– Eh bien, Morgan ?

Le garçon ne répondit pas.

– Vous vous sentez concerné par ce qui se passe autour de vous et vous avez raison. C'est une époque d'excès en tous genres, de corruption, de scandales, de manque de confiance envers nos dirigeants. Bref, d'abus sur toute la gamme.

Il se tut, se pencha en avant et prit amicalement Fred par l'épaule.

– Mais quelque chose d'autre vous tracasse, quelque chose de très personnel, qui vous ronge et provoque votre terrible anxiété. Est-ce que je me trompe ?

Fred restait toujours muet.

– Eh bien, Morgan ?

Le vieil homme continuait de le dévisager. Puis il soupira doucement.

– Allons-y.

Ils se remirent à marcher.

– Je voudrais vous voir atteindre votre but. Et aussi vous aider, dans la mesure de mes moyens. Vous vous en souviendrez ?

– Oui…

Ils dépassèrent des bancs vides et couverts de neige. Elwood se tourna vers lui.

– Aujourd'hui, en classe, vous m'avez un peu déçu.

Fred se taisait.

– Je m'attendais à une discussion acharnée à propos du dernier acte de *Lear*. Je comptais sur un véritable feu d'artifice de votre part.

– Je regrette de vous avoir déçu…

– Vous n'aviez pas préparé le cours ?

– Si. J'ai travaillé très tard.

– Et alors ?

Fred évita le regard perspicace du professeur.

– J'ai… j'ai dû me surmener… Ce matin, je me sentais stupide.

– Stupide ?

– Oui.

Il s'efforçait de tromper les yeux perçants d'Elwood.

– Je n'étais pas dans le coup, voilà tout.

Elwood secoua la tête.
– Vous me paraissez désorienté et profondément inquiet.
Fred conserva le silence.
– Comme je vous l'ai dit, un vieux professeur remarque certaines choses que d'autres ne voient pas... un vieux professeur soucieux.
Il sourit.
– Et justement, Morgan, je suis vieux et soucieux.
Immobile, il attendit que Fred lui fasse confiance, accepte de lui parler. Les flocons s'accrochaient à ses cheveux et à ses sourcils, le transformant en vieux bonhomme de neige.
– Quelque chose vous préoccupe ? Puis-je vous aider en quoi que ce soit ? finit-il par demander.
Sa voix était grave et sérieuse.
– Vous avez beaucoup changé depuis hier, Morgan.
– Ce n'est rien, rien du tout.
– Vous avez peut-être besoin d'argent ?
– D'argent ?
Elwood secoua la tête.
– Il me paraît évident que vous vous débrouillez seul, non ?
– Tout seul.
– Dans ce cas, je suis persuadé que

l'inflation vous cause des problèmes. Je connais beaucoup d'étudiants qui ont du mal à joindre les deux bouts.

– J'ai travaillé pendant l'été, et maintenant je suis caissier le samedi, dit Fred. Parfois, c'est un peu juste.

– Vous devez de l'argent ? Un loyer, une facture urgente ?

Fred secoua la tête.

– Ce n'est pas une question d'argent.

Elwood attendit qu'il continue.

– J'apprécie votre offre, déclara Fred. Vraiment.

– Vous ne voulez pas me parler ? J'aimerais vous aider si je le pouvais.

Ils étaient toujours immobiles dans la neige, face à face.

– Non, finit par dire Fred.

Elwood soupira.

– Comme vous voudrez.

Ils se remirent à marcher.

– Demain, j'essaierai de me montrer plus brillant.

– Je n'en doute pas, Morgan.

Ils sortirent du parc, marchèrent jusqu'au carrefour et s'arrêtèrent.

– Bien. Moi je tourne à gauche dans la quatrième rue, dit Elwood.

Il tendit la main à Fred.

– Je voudrais devenir votre ami.

Ils se serrèrent la main.

– À demain, Morgan.

– Merci, monsieur Elwood, dit Fred doucement.

Il resta un moment sur place, pendant que la silhouette du vieil homme disparaissait dans la neige. Puis il tourna les talons et se dirigea vers le métro.

4

Il neigeait toujours abondamment lorsqu'il sortit du métro dans la cinquante-neuvième rue livrée à la tempête. Couverts de givre, les arbres de Central Park tremblaient dans le vent. Fred s'arrêta sous la marquise d'un hôtel pour regarder sa montre, puis il se dirigea d'un pas pressé vers la façade néo-renaissance du Club Athlétique.

Il jeta un nouveau coup d'œil sur sa montre : trois heures dix. « Oui, se dit-il, il doit être au Club, c'est son heure. »

Fred gravit les trois larges marches de pierre, poussa une porte en verre épais et en bronze massif et pénétra dans un vaste couloir d'aspect paisible et rassurant. « Tellement rassurant », songea-t-il avec amertume.

Il se souvenait avoir éprouvé la même sensation de confort et de sécurité lors de sa première visite. Il avait eu l'impression de pénétrer dans un monde isolé, fermé sur lui-même. Un monde inattaquable.

Il était venu ici pour la première fois six ans auparavant. Et puis, un jour, il avait cessé de venir. Définitivement cessé.

Une lueur farouche s'alluma dans son regard tandis qu'il scrutait le salon aux vastes proportions où il venait d'entrer. Quelques personnes installées dans de hauts fauteuils de cuir lisaient leurs journaux ou regardaient distraitement la neige tomber sur les arbres de Central Park. Sur les murs de l'immense pièce étaient accrochés des portraits d'hommes du début du siècle, qui s'étaient âprement tracé un chemin dans le monde de la finance et de l'industrie. Il y avait aussi un gouverneur et, un peu plus loin, un sénateur des États-Unis, des individus vigoureux aux visages colorés et aux profonds yeux noirs.

« Morts. Ils sont tous morts maintenant, songea Fred. Et ces hommes imposants dans ces fauteuils imposants, solitaires, isolés, sont morts eux aussi. Mon père aussi. Mon père, ce sportif accompli qui a été si facilement, trop facilement accueilli dans ce monde respectable. Accueilli avec tant d'indifférence...

Morts. »

Toujours immobile, il suivit du regard un

homme élancé aux cheveux gris, vêtu d'une veste et d'un pantalon rayé, qui disposait une bouteille de whisky et une carafe d'eau sur une petite table en acajou, à portée de main de l'un des fauteuils.

Lorsque le serveur aux cheveux gris se redressa, ses yeux s'arrêtèrent sur Fred et s'éclairèrent. Avec un sourire, il se dirigea vers le garçon.

– Eh bien, vous avez grandi. Vous êtes un jeune homme, à présent.

– J'ai vieilli.

– Cela fait à peu près trois ans ?

– À peu près.

Fred sourit.

– Trois ans... Vous devriez ôter votre manteau, monsieur Corell, il est trempé.

– D'accord. Mais désormais je m'appelle Morgan. C'est le nom de ma mère.

– Ah...

Le serveur ajouta :

– Il est en haut.

– Merci, Martin.

Fred abandonna son manteau au vestiaire, puis il prit l'ascenseur et monta jusqu'au troisième étage. Il sortit et suivit un couloir qui le mena devant une grande porte de chêne. Il l'ouvrit et pénétra dans la pièce, une salle de musculation. Après avoir jeté un coup d'œil sur les quelques hommes qui s'y trouvaient, il ressortit en refermant la porte derrière lui.

Il reprit l'ascenseur et monta un étage de plus. Il parcourut un couloir désert, jusqu'au pied d'un escalier recouvert de moquette. Au sommet, il y avait une sorte de salle vitrée. Fred gravit l'escalier, ouvrit la porte et pénétra dans la pièce. Il alluma le plafonnier et s'installa dans l'un des larges fauteuils de cuir qui se trouvaient là.

Il était seul. De sa place et à travers la vitre, il apercevait en contrebas un terrain de squash brillamment illuminé.

Deux hommes s'affrontaient avec énergie. Fred s'adossa à son fauteuil et observa le serveur, un homme d'environ cinquante ans, grand et robuste, aux cheveux noirs et aux traits réguliers. Il avait des gestes précis et assurés ; sur sa peau brillaient des petites perles de sueur.

La partie prenait un tour décisif et il devenait évident que le serveur allait la gagner. Au feu contenu qui couvait dans ses yeux, on pouvait voir combien il désirait vaincre, et combien il en jouissait.

Il était totalement concentré sur la partie. Maintenant qu'il allait l'emporter, il semblait redoubler d'énergie afin d'écraser définitivement son adversaire, de l'achever. Il accumulait les points gagnants.

« Il n'a pas changé, songea Fred. Lui est-il jamais arrivé de perdre ? »

Une lueur de désespoir s'était allumée dans le regard de l'autre joueur. On aurait dit qu'il jouait sa vie et se savait sur le point de la perdre.

– Et alors ?

Fred se retourna vivement : une voix rauque et grave, toute proche, venait d'interrompre ses pensées. Un homme s'était silencieusement introduit dans la pièce et le toisait. Chauve et massif, habillé d'un coûteux costume à rayures, il portait une chaîne de montre en or en sautoir.

– Que fais-tu ici, petit ?

– Je regarde une partie de squash.

– Tu en es sûr ?

Les yeux de l'homme étaient petits, vifs et durs. L'une de ses mains était enfoncée dans la poche de sa veste.

– Oui.

Sur le court, la partie continuait.

– Qui t'a autorisé à entrer ici ?

– Je suis venu seul.

– Tu es membre du club ?

– Non.

– Ton père est membre ?

– Non.

– Alors tu ferais peut-être mieux de partir, d'accord ?

Fred secoua la tête. Il prenait plaisir à tenir tête à l'homme.

– Je crois que je vais rester, déclara-t-il.

– Ne fais pas d'histoires.

– Je reste.

L'homme s'approcha.

– Écoute, petit. Là, en bas, c'est Eddie Corell. Nous n'aimons pas que des étrangers viennent l'espionner.

– Corell ?

– Oui.

Fred se carra dans son fauteuil, une lueur glacée au fond des yeux.

– Vous voulez dire Edward J. Corell ? demanda-t-il calmement. L'un de nos citoyens les plus respectés et les plus honorés ?

L'homme se raidit.

– Allons-y, petit, dit-il d'un voix rude.

Il se pencha, empoigna sans ménagement le bras de Fred et entreprit de l'extraire de son fauteuil. Le garçon tenta de résister et d'échapper à son étreinte.

– Lang !

En bas, sur le terrain, l'homme aux cheveux noirs, immobile, les observait.

Son visage était fermé, ses yeux sombres et menaçants. La petite balle noire, tombée à ses pieds, roula un moment avant de s'immobiliser.

– Lâche-le !

Lang obéit et s'écarta rapidement de Fred.

– Oui, monsieur Corell, tout de suite.

La voix de Corell cingla à travers la vitre. Ses yeux étincelaient.

– Ne t'avise plus jamais de remettre la main sur lui, imbécile ! Jamais, compris ?

Il tourna brusquement les talons et disparut par l'une des portes qui s'ouvraient dans le mur.

– Oui, monsieur Cor...

Le chauve, livide, ne put terminer. Son visage était blafard, moite et flasque. Il semblait sur le point de se trouver mal.

– Pourquoi ne m'avez-vous pas dit que vous le connaissiez ? demanda-t-il d'une voix rauque et altérée.

– Vous ne me l'avez pas demandé, rétorqua Fred.

– Qu'est-ce qu'il est pour vous ?

– Rien.

Sur le court, le second joueur jeta un coup d'œil vers Lang avant de se retirer lentement.

– Pourquoi ne m'avez-vous pas prévenu ? continua Lang. Ça suffirait à me faire renvoyer.

La porte de la salle vitrée s'ouvrit et Corell entra.

– Dehors, lança-t-il sèchement à Lang.

– Je reste dans les parages au cas où vous auriez besoin de moi.

– Je n'aurai pas besoin de toi. Contente-toi de refermer la porte en sortant.

Lang hocha la tête et se dirigea vers la sortie. Son visage était encore grisâtre et tremblant.

– Débrouille-toi pour que personne n'entre ici, ni sur le terrain.

– Personne ne viendra, monsieur Corell.

La porte se referma et ils se retrouvèrent seuls. En bas, le terrain éclairé était désert.

– Vous êtes sans aucun doute un homme puissant, monsieur Corell, dit Fred. Encore plus puissant que par le passé. Je n'aurais pas cru ça possible.

Corell ne répondit pas et Fred poursuivit :

– Il était sur le point de vomir d'angoisse, tellement il avait peur de vous, monsieur Corell.

L'homme resta un moment debout à dévisager le garçon avant de s'asseoir lentement, à quelque distance de lui. Il passa sa main sur son front trempé de sueur et sur le reste de son visage, puis il l'examina pensivement. Il l'essuya longuement sur sa chemisette blanche.

– Qu'est-ce que tu es venu faire ici, Fred ?

Sa longue main tremblait un peu. Fred ne l'avait jamais vu aussi peu maître de ses émotions. Pas même le jour où, trois ans auparavant, le garçon était définitivement sorti de sa vie.

– Tu avais dit qu'on ne se reverrait plus jamais, Fred, que tu ne m'adresserais plus jamais la parole.

– C'est vrai.

En bas, les lumières s'éteignirent, comme si le terrain et les joueurs n'avaient jamais existé. Cela rappela à Fred l'enterrement de sa mère, trois ans plus tôt. Le jour où le monde entier était devenu pour lui sombre, amer et dérisoire.

– Tu as même renoncé à mon nom.

– Oui.

– Renvoyé, congédié.

C'était pratiquement les mots que Lang venait d'utiliser. Il détourna les yeux du visage de son père pour contempler le terrain vide et plongé dans l'obscurité. Corell reprit :

– Il s'est passé quelque chose. De quoi s'agit-il, Fred ?

Fred se détourna brusquement.

– Tu ne le sais pas ?

Corell secoua la tête.

– Cessez de jouer avec moi, monsieur Corell.

– Je ne sais pas de quoi tu parles.

Fred se leva et s'approcha de lui.

– Tu ne sais pas ?

– Non.

Les nerfs du garçon le trahirent. Il cria :

– Au nom du ciel, arrête de jouer avec moi, de jouer avec ma vie !

– Avec ta vie ?

– Laisse-moi en dehors de ton fichu monde d'assassins !

Son père le regardait fixement.

– Avec ta vie, Fred ?

– Oui, parfaitement.

Corell le dévisageait toujours.

– Je ne comprends pas. Je t'assure que je ne comprends pas. Pendant toutes ces années, j'ai respecté ton désir, et pourtant le temps m'a paru long, Fred, crois-moi. Est-ce que j'ai jamais essayé de rentrer en contact avec toi, est-ce que je t'ai jamais importuné ? Réponds-moi !

Fred secoua la tête.

– Non, non, ce n'est pas ça.

– Alors, qu'est-ce que c'est ?

– Écoute, cria le garçon. Écoute. On m'a téléphoné hier soir, très tard dans la nuit. On m'a téléphoné...

– Que veux-tu dire ?

– Un type… quelqu'un…

Fred hésita et dit finalement d'une voix lasse et presque imperceptible :

– Quelqu'un m'a téléphoné pour m'annoncer que j'allais mourir.

Corell se redressa, les lèvres serrées. Son visage pâlit et se décolora, tandis que ses yeux sombres s'écarquillaient.

– Mourir ?

– Oui. Je vais mourir. Il m'a dit que ça prendrait du temps, qu'ils voulaient m'en faire baver et …

– Ils ? coupa Corell.

– Oui.

– Quelqu'un t'a appelé et t'a dit ça. À toi, Fred ?

Fred ne répondit pas. Il détourna les yeux en voyant la fureur et la souffrance inscrites sur le visage de son père.

– Cette nuit ? C'est arrivé cette nuit ?

– Oui.

Fred se tourna vers lui.

– Il m'a dit : tu as le bonjour du tueur. Ensuite il a raccroché.

– Le bonjour du tueur ?

La voix de Corell était glaciale. Il répéta, comme pour lui-même :

– Du tueur ?

– C'est ce qu'il a dit.

– Il a mentionné mon nom ?

– Non.

– Le tueur...

– C'est un mot que tu connais bien, n'est-ce pas ? lança méchamment Fred.

Son père ne répondit pas. Il avait l'air sombre et pensif. Ses poings puissants se serraient et se desserraient machinalement. Toujours assis, il contemplait le terrain plongé dans l'obscurité à travers la paroi vitrée.

– Est-ce que je dois payer de ma vie à cause de toi ? éclata soudain Fred. Est-ce que je dois mourir parce que quelqu'un cherche à t'atteindre ?

Corell secoua la tête.

– Je ne comprends pas. Personne n'a jamais essayé de m'abattre, ni de me menacer. Personne.

Fred se rapprocha légèrement de son père.

– Eh bien maintenant ça y est. Il n'y a aucune raison pour qu'on veuille me tuer. Aucune... sauf que je suis ton fils, ajouta-t-il amèrement.

Les mains de Corell tremblèrent un instant, puis retrouvèrent leur immobilité.

– Personne n'oserait te toucher, Fred. Personne.

Il parlait d'une voix neutre, froide.

– Bien sûr...

Fred s'écarta de lui, choisit le fauteuil le plus éloigné et s'assit lourdement. Il répéta :

– Bien sûr, Edward J. Corell, bien sûr.

Puis il s'écria :

– Je pensais que j'en avais fini avec toi et avec ton maudit genre de vie ! Et maintenant regarde, regarde, je suis de nouveau plongé dedans !

Après un silence, il continua :

– Je suis ton fils unique, la seule personne qui te reste dans cette saleté de monde, et regarde ce que tu me fais !

– Fred...

Fred agita violemment les mains vers lui.

– Il n'y a que toi qui comptes. Rien que toi. C'est comme ça et ça a toujours été comme ça. C'est ce qui l'a tuée. C'est comme si tu l'avais assassinée.

– Fred... répéta Corell.

– Elle haïssait tes méthodes, tes crimes, ton...

Il s'arrêta et, l'espace d'un instant, il se revit devant son père, trois années auparavant, lors de cette sombre et terrible journée. Seuls, face à face, dans l'immense maison blanche et silencieuse. Les hautes fenêtres brillaient au soleil. Dehors, sur la pelouse soigneusement entretenue, les gens attendaient qu'ils sortent pour partir au cimetière. Il revoyait les limousines noires étincelant dans l'allée privée, longue de plus d'un demi-kilomètre. Il y avait deux corbillards noirs chargés de fleurs.

Cette vision s'imposa à lui pendant un court moment, puis s'évanouit.

– Tu l'as tuée, dit-il sans regarder son père. Tu l'as tuée.

– Tais-toi, Fred. Ça suffit.

Mais le garçon s'avança vers lui :

– Pourquoi ne lui as-tu pas tiré dessus ? cria-t-il. Ça aurait été moins cruel, tu ne trouves pas ? Et beaucoup plus dans ton style...

Comme son père se taisait, il poursuivit d'une voix rauque et altérée :

– Pourquoi diable est-elle restée avec toi tout ce temps ? Pourquoi ?

– Parce que nous nous aimions, répondit calmement Corell.

Durant une seconde, un éclair froid et lumineux traversa son regard.

– Vous vous aimiez ?

Fred le dévisagea. Corell se détourna et dit avec lassitude, presque avec désespoir :

– Elle comprenait. Toi, tu ne comprendras jamais. Jamais.

– Parce que je te connais. Tu n'es qu'un criminel.

Corell soupira profondément et demanda :

– C'est tout ce que je représente à tes yeux ?

– Oui, approuva sombrement Fred. Il m'a fallu un certain temps pour comprendre, mais maintenant je sais.

– Oui, tu sais... murmura son père.

Fred regarda Corell bien en face et ajouta :

– Si tu savais ce que tu représentais pour moi quand tu es revenu de la guerre, un vrai héros. Et puis, tu as monté cette affaire avec un ami. Tu as gravi échelon sur échelon et tu es devenu mon célèbre, puissant et distingué père. Mais je ne savais pas alors ce qui t'avait rendu aussi célèbre et distingué. Je ne savais pas que tu faisais partie du « Syndicat »[1]. Tu te chargeais des affaires propres, de la façade. Et derrière, il y avait la prostitution, la drogue, le jeu, la corruption, les pots-de-vin aux politiciens et Dieu sait quoi encore.

Il s'interrompit et demanda :

– Quand maman a-t-elle compris ?

Corell ne répondit pas. Fred murmura :

– Tous ces gens importants qui nous rendaient visite. Les dîners, les rires, les conversations. Les invités fascinants. Je me souviens même d'un professeur d'histoire

1. Le « Syndicat » ainsi désigné est l'organisation du crime aux États-Unis, sans aucun rapport avec les syndicats du travail.

très connu de Harvard. Qu'est-ce qu'il faisait là ? La même chose que les autres, j'imagine, il se laissait corrompre d'une manière quelconque. Je suppose qu'ils viennent toujours, non ?

Le visage de Corell s'était figé.

– Il paraît que tu étais un homme bien avant la guerre. Même l'oncle Arthur le dit. Qu'est-ce qui t'est arrivé ? Tu as été poussé par le désespoir, le cynisme ? Au diable le monde entier, pourvu que tu puisses rafler le maximum ? Les gens ne valent rien, la vie ne vaut rien ?

Il s'interrompit encore, puis continua d'une voix grave et poignante :

– Ils viennent toujours chez toi. Et elle est morte. Et moi, j'ai perdu toutes mes illusions à ton sujet.

Après un moment, il ajouta :

– Tout ce que je veux, c'est ne plus avoir affaire à toi.

– C'est le cas.

– Vraiment ?

Corell l'observa puis alla ouvrir la porte.

– Lang ?

Lorsque l'homme apparut, il lui lança :

– Dis à John Heller de venir.

Corell referma la porte et se tourna vers Fred.

– Je veux que tu habites avec moi jusqu'à ce que j'aie réglé cette affaire.

Fred secoua la tête.

– Une semaine, au plus.

Corell s'approcha de son fils.

– Tu seras tranquille, tu ne me verras jamais. Tu mèneras ta propre vie.

– Entouré de tueurs.

– Fred !

– Non.

– Seulement pour quelques jours. C'est tout ce qu'il me faut.

– Pas une minute.

Serrant les lèvres, Corell fixa son fils. Il finit par dire :

– Alors, accepte que cet homme, Heller, habite chez toi.

– Non.

– Il ne te gênera pas. Tu pourras continuer à mener une existence normale.

On frappa à la porte.

– Entrez, dit Corell.

Un homme de taille moyenne, l'air vif, pénétra dans la pièce.

– Vous m'avez appelé, monsieur Corell ?

Jeune, à peine plus de trente ans, il avait des cheveux gris, des traits saillants et rudes, des yeux gris, froids comme des pierres, observateurs et pénétrants.

– Je veux te présenter Fred Morgan.

Heller hocha la tête et attendit.

– Pour moi, il est beaucoup plus qu'un ami. Tu comprends ?

– Oui, monsieur Corell.

Corell planta son regard dans celui de Heller.

– S'il lui arrive quelque chose, cela te coûtera cher.

– Il ne lui arrivera rien, monsieur Corell.

– Veilles-y.

– Il ne lui arrivera rien, répéta Heller.

Corell fit un bref signe de tête.

– Je veux que tu l'accompagnes et que tu t'assures que jamais...

– Je ne veux personne avec moi, coupa Fred.

Corell se tourna vers son fils.

– Laisse-moi me charger de ça.

– Personne !

– Tu veux bien m'écouter une minute ? La voix de Corell s'était durcie.

– Non.

– Fred, au nom du ciel, je...

Il se maîtrisa, se tut, puis murmura :

– Fred...

Toujours debout, Heller demeurait impassible, comme s'il n'entendait ni ne voyait rien.

– Je t'assure qu'il ne te gênera pas, reprit Corell d'une voix redevenue égale.

– Je le sais.

Corell se tourna vers Heller.

– Je te donnerai des instructions précises. Pour l'instant, attends dehors.

– Oui, monsieur Corell.

– Il n'aura pas besoin d'instructions, remarqua froidement le garçon.

Heller jeta un coup d'œil aux deux hommes avant de quitter la pièce, en fermant la porte derrière lui. Le silence retomba.

– Bon Dieu, mais qu'est-ce que tu veux ?

– Je ne veux pas de lui. Ni de lui, ni de personne dans son genre. Tu ne peux pas comprendre ça ?

– Si, je peux...

Corell soupira et détourna le regard.

– Je peux très bien...

Il se rassit. Ses yeux s'assombrirent, ses mains puissantes s'immobilisèrent sur ses genoux. Quand il parla, ce fut à voix basse, presque pour lui-même.

– Le tueur... si seulement...

Il leva la main et repoussa son épaisse chevelure noire à plusieurs reprises, comme s'il obéissait à un rythme intérieur.

– Ça pourrait venir de Detroit, de Tony Landron, murmura-t-il soudain. Il a pris des initiatives personnelles, embauché de nouveaux talents. Ça pourrait être ça...

On frappa à la porte.

– Entrez, dit Corell sans se retourner.

Lang passa sa tête dans l'ouverture.

– Monsieur Corell ?

– Oui ?

– Votre bureau a appelé. Vous avez un rendez-vous à quatre heures.

– Annulez-le.

Lang hésitait.

– Quoi encore ?

– Ils ont dit que c'était très important. Un sénateur de l'état de New York que vous vouliez rencontrer.

– J'ai dit d'annuler, coupa Corell.

– Bien, monsieur.

La porte se referma et Corell se rassit, scrutant l'obscurité de ses yeux profonds et pensifs. Il finit par dire, d'une voix basse et presque suppliante :

– Fred ?

– Oui ?

– Fred, à moins que tu ne reviennes à la maison avec moi, il n'y a pas de solution.

– À la maison ?

Leurs regards se croisèrent. L'espace d'un instant, Fred eut envie de céder. Au fond de lui-même, il savait qu'il en serait toujours ainsi, que Corell resterait toujours son père. Puis une amertume farouche l'envahit et chassa la tentation. Il secoua fermement la tête.

– Jamais.

– Alors, laisse Heller t'accompagner.

– Tu sais ce que j'en pense.

– Je le sais.

Corell se leva et se rapprocha vivement de son fils.

– Ça oui, je le sais ! Tu n'as rien d'autre à la bouche.

Soudain il perdit son calme.

– Bon sang, s'écria-t-il, vas-tu devenir raisonnable, oui ou non ?

Il se pencha en avant et attrapa brutalement Fred par le bras.

Le garçon se leva. La main de son père retomba.

– Lang a agi de la même façon. Il m'a aussi empoigné le bras. Tu n'es pas différent de lui.

– Pourquoi es-tu venu me voir ? lança âprement Corell.

Fred ne répondit pas.

– Pourquoi, Fred ? répéta Corell d'une voix enrouée.

Ils se tenaient très près l'un de l'autre, mais séparés par un silence pesant.

– Peut-être parce que j'ai peur, dit Fred. Et quand un gamin a peur, il court vers son père... Ou peut-être que je voulais te faire du mal. Comment puis-je le savoir ?

Il tourna les talons et quitta la pièce.

5

Fred se dirigeait vers la station de métro de la cinquante-neuvième rue, sous la neige qui tombait toujours, lorsqu'un taxi surgit derrière lui et klaxonna. Il se retourna et vit une silhouette sombre qui lui faisait signe depuis le siège arrière. Fred s'approcha et reconnut son oncle, Arthur Morgan. La vitre était baissée.

– Où vas-tu ? Je peux te conduire ?

Fred hésita.

– Il fait très mauvais, Fred. Monte.

– Je retourne chez moi.

– Alors je peux te conduire. Je n'ai rien de spécial à faire, juste quelques courses.

La neige tombait toujours.

– Il fait vraiment mauvais, insista Morgan.

– Oui, convint Fred.

Il monta dans le taxi et s'assit à côté de son oncle.

– Où est-ce que tu habites à présent ? demanda Morgan.

– Dans Greenwich Village. Place St-Marks.

– C'est là que tu vas ?

– Oui. Au 91.

– 91 place St-Marks, ordonna Morgan au chauffeur.

Puis il se renversa en arrière et observa son neveu. Ils roulaient lentement à travers la neige silencieuse. Morgan dit :

– Pourquoi est-ce que tu ne viens jamais me voir ? Tu n'es pas loin en métro.

– Mes études me prennent beaucoup de temps.

Morgan secoua la tête.

– Ce n'est pas la raison, tu le sais bien.

– Quelle est la raison alors ? demanda Fred distraitement.

Il pensait encore à son père, il revoyait ses yeux sombres et pensifs.

– Tu m'es étranger parce que tu le désires, dit doucement Morgan. En fait, tu es un solitaire.

– Vraiment ?

Il ne parvenait pas à oublier le visage fermé de son père, la fureur et le désespoir qui tourmentaient cet homme invulnérable et tout-puissant.

Mourir. Il t'a dit ça. À toi, Fred.

Oui, monsieur Corell. À moi, votre fils. Votre fils unique.

Reviens à la maison.
Non.
Pourquoi es-tu venu me voir, pourquoi ?

Et Fred se demanda avec lassitude : « Pourquoi est-ce que j'y suis allé ? Pourquoi ? »

– Tu as toujours été un solitaire, Fred, surtout vis-à-vis de ta propre famille.

Mais Fred ne l'écoutait pas.

– Je ne veux pas mourir, murmura-t-il.

Son oncle le dévisagea.

– Comment ?

Fred rit, presque silencieusement.

– Rien… Juste une pensée un peu bizarre.

– Effectivement.

– Il y a des jours comme ça, dit Fred en se tournant vers son oncle. Tu me parles de famille, mais je n'en ai pas, oncle Arthur, à part toi et quelques cousins au fin fond de l'Ohio.

– Cela vient de toi, Fred. Ce serait pareil si tu avais des centaines d'oncles et de cousins.

Fred contempla la neige sans répondre.

– J'ai essayé de me rapprocher de toi. De mon mieux. Tu sais que je n'ai personne d'autre au monde.

Arthur Morgan ne s'était jamais marié.

– Et je vieillis, Fred.

Le taxi s'arrêta à un feu rouge, puis repartit.

– Quand nous habitions ensemble chez moi, après la mort de ta mère, il me semblait qu'on s'entendait bien. Mais je suppose que je me mentais à moi-même.

Il secoua tristement la tête.

– Tu as le caractère de ton père, pas celui de ta pauvre mère.

– Tu crois ?

– Oui.

Il rit doucement et tapota le genou du garçon.

– Par contre, tu as hérité de la beauté de ta mère. Tu es plutôt séduisant, tu l'es même un peu plus chaque fois que je te vois. Je suis sûr que tu as une véritable cour. Tu as des petites amies, hein Fred ?

– Quelques-unes.

– Jolies ?

– Pas mal.

– Cultivées ? Elles s'intéressent à l'art, à la littérature ?

– Oui, Arthur. Elles te plairaient.

Arthur Morgan sourit.

– Bien, très bien.

Son sourire s'évanouit et il ajouta doucement :

– Mais tu es un Corell.

Arthur Morgan était un homme frêle aux

traits délicats. Il possédait les mêmes yeux bruns et les mêmes cheveux châtains que Fred. Il approchait de ses soixante-dix ans. Un réseau de fines rides se dessinait autour de ses yeux brillants et de ses lèvres minces. Il était habituellement aimable et courtois, mais Fred l'avait parfois trouvé distant.

– Nous nous entendions bien, reprit Fred. Je voulais seulement me débrouiller seul, c'est pour ça que je t'ai quitté.

Le visage de Morgan s'était durci.

– Je ne te crois pas, Fred. Ce n'est qu'une façade, tu es doué pour ça.

– Une façade ?

– Oui. En vérité, tu ne m'aimes pas.

– Tu te trompes, Arthur. Je t'aime bien.

Il se pencha vers le vieil homme.

– Il fallait que je parte. Le souvenir de ma mère m'obsédait. Tu parlais d'elle sans arrêt.

– Je pense toujours à elle. À chaque instant.

Fred regarda son oncle et soupira.

– Arthur, j'essaie d'oublier.

– Quoi ?

– Oui. Oui, j'essaie d'oublier comment elle dépérissait jour après jour. Les gens prétendent qu'on ne peut pas mourir de chagrin et ils inventent des tas de mots scientifiques. Mais c'est de ça qu'elle est morte. Et pourtant, elle n'a jamais rien dit contre lui, pas un seul mot.

Il se tut puis reprit :

– Je voulais me couper du passé, Arthur. Pour de bon. Il me dévorait.

Ils roulèrent un moment en silence puis Morgan remarqua :

– Tu as l'air tendu, Fred. Nerveux.

– Nerveux ?

– Je le sens. Tu as trop travaillé ?

– Sans doute.

– Et pourtant...

– Oui, Arthur ?

Son oncle posa ses yeux bruns sur lui, maintenant pleins de douceur et de sympathie.

– Quelque chose te préoccupe sérieusement.

– Non, rien, coupa Fred.

– Tu as des ennuis d'argent ?

– On m'a déjà posé la question aujourd'hui.

– C'est normal, Fred. L'argent fait tourner le monde. C'est ce qu'expliquent nos philosophes.

– Il ne fait pas tourner mon monde à moi, dit Fred calmement. Je me débrouille.

– Tu ne demandes rien à ton père ?

– Rien.

Morgan approuva de la tête.

– Est-ce que je peux t'aider ? Ne te gêne pas avec moi.

– Non, Arthur, merci.

– De toute façon, tu sais que ma fortune te reviendra.

– Oui, Arthur, tu me l'as déjà dit. Mais je n'en veux pas.

Morgan sourit doucement.

– Tu veux tout obtenir par toi-même.

– C'est à peu près ça.

– Tu hériteras quand même de moi. Mon testament est signé.

– Tu as fait un testament ?

– Oui.

– Et je suis ton seul héritier ?

– Oui, Fred.

– Même si je suis un Corell ?

– Oui.

Fred le regarda fixement.

– Tu hais mon père, n'est-ce pas, Arthur ?

– Encore plus que toi, et pour la même raison.

– Je comprends…

– Elle voulait qu'il renonce, à cause de toi, Fred. Elle voyait que tu étais déchiré. J'étais là, la nuit où elle le lui a demandé. Il a refusé. Après, elle a perdu le goût de vivre.

Il soupira et continua :

– Jessie est morte, mais son mari continue. De plus en plus loin, de plus en plus haut. Il deviendra peut-être sénateur des États-Unis sur ses vieux jours. Est-ce que ça te plairait ?

Morgan se détourna, contempla le tapis de neige à travers la vitre et dit :

– Pourquoi ne reviens-tu pas, Fred ? Essayons encore. Peut-être que tu t'habitueras à vivre avec moi. Tu établiras tes règles et moi je les suivrai. Je te le promets.

Fred resta silencieux.

– Tu aimes mon appartement. Il est pratique et la vue sur Central Park est magnifique, surtout avec la neige. Tu aurais ta chambre et un grand bureau.

Sa voix était grave et presque suppliante.

– Nous avions des conversations passionnantes tous les deux. C'était merveilleux.

– Oui... murmura Fred.

Les yeux de Morgan brillaient.

– Nous aimons les mêmes choses, Fred. La littérature, l'art, la musique, le théâtre, le ballet. Nous sommes des êtres civilisés, Fred, civilisés.

Il se tut et attendit.

– Je veux me débrouiller seul, répondit Fred. Vivre ma vie à ma façon.

Morgan se redressa brutalement.

– Vivre ta vie. Tu oublies le mal que tu fais aux autres.

– Arthur...

– Vivre ta vie. C'est le langage de Corell, et la même cruauté.

Ses yeux étaient devenus glacials et, l'espace d'une seconde, ils rappelèrent à Fred ceux de Heller. Puis cette impression se dissipa.

– Tu vois, nous sommes différents.

La voix et le regard de Morgan étaient à présent doux et tristes.

– Je suis seul, tu es un solitaire. Il existe un abîme entre nous, n'est-ce pas Fred ?

Ils restèrent plongés dans leurs pensées jusqu'à ce que le taxi s'arrête devant le vieil immeuble de cinq étages, sombre et tranquille, enveloppé dans un voile de neige. La rue était déserte.

– 91 place St-Marks, dit Arthur.

– C'est ici que j'habite.

– C'est très différent de ce que je t'ai proposé.

– Je le sais, Arthur.

– Quel étage ?

– Le dernier.

– Il doit y avoir un vue charmante.

Fred percevait clairement la douleur et l'amertume de Morgan. Il lui tendit la main.

Son oncle la serra affectueusement puis la relâcha.

– Merci pour le taxi.

Il sortit de l'auto et claqua la portière.

– Je t'appelerai, Arthur.

Morgan secoua tristement la tête.

– Tu ne le feras pas.

Le taxi démarra et disparut sous la neige qui tombait sans trêve.

6

Il monta les escaliers jusqu'à sa porte. Au moment d'introduire sa clé dans la serrure, il s'immobilisa. Son instinct lui soufflait qu'il y avait quelqu'un à l'intérieur. Il colla son oreille à la porte et écouta attentivement, mais n'entendit rien.

Il s'écarta pourtant lentement du seuil et s'approcha de l'escalier qui menait au toit. Il le gravit rapidement et sans bruit, ouvrit la porte de métal qui donnait sur la terrasse et sortit dans la neige. La lumière du jour semblait grisâtre, une pénombre neigeuse recouvrait tout. Il traversa la terrasse, la neige tombait sur lui et blanchissait sa chevelure. Une fois sur l'escalier de secours, il descendit doucement, marche après marche, agrippant la rampe glacée de sa main mouillée. Parvenu à la fenêtre de sa cuisine, il s'agenouilla et regarda à l'intérieur.

Il n'y avait personne, la pièce semblait

calme et vide. La cafetière était sur le fourneau, la tasse et la soucoupe sur la table, comme il les avait laissées en partant.

Il céda à la fascination d'un léger reflet qui jouait sur la tasse, malgré la pénombre. C'était une petite lueur fixe. Alors qu'il la contemplait, il imagina avec une précision terrible un petit oiseau immobile regardant intensément les yeux scintillants d'un serpent à sonnettes. L'oiseau était noir et figé, le reptile énorme et maléfique.

Il frissonna et la vision se dissipa.

Fred se déplaça jusqu'à l'autre fenêtre, celle du petit salon vide, plongé dans l'obscurité. Des livres s'étalaient sur le divan, comme avant son départ. Il lui sembla soudain que la matinée appartenait à une autre existence, infiniment distante.

Il se redressa, remonta l'escalier de secours et regagna le toit. Il traversa la terrasse, franchit et referma la porte de métal. Il redescendit lentement et pensivement l'escalier, et se retrouva sur son palier. Il secoua la neige de ses chaussures, brossa son manteau de ses mains froides et mouillées, puis se planta devant sa porte, sortit sa clé et l'introduisit dans la serrure. Il ouvrit et pénétra chez lui.

L'appartement était gris et calme, envahi

par un profond silence qui étouffa le bruit de la porte se refermant.

Debout dans l'entrée, il se disposait à ôter son manteau lorsque quelque chose l'arrêta. Un frisson glacial le parcourut. Il sentit ses cheveux se dresser sur sa tête et son front se couvrir de sueur.

Il se raidit, s'immobilisa ; ses mains tremblaient.

Devant lui, à quelques pas, dans un coin sombre de l'entrée, se tenait un homme qui le regardait fixement de ses yeux immenses. Le reste de son sinistre visage était plongé dans l'obscurité, mais Fred pouvait entendre sa respiration oppressée et voir palpiter ses narines.

Le jeune garçon eut un haut-le-corps et l'homme parut l'imiter, dans une mimique bizarre et diabolique. Il sembla à Fred qu'une étincelle d'amusement froide et cruelle s'allumait dans le regard de l'étranger, avant de faire place à la panique. Une panique absolue.

Fred avança involontairement son visage et l'homme l'imita, accomplissement exactement le même geste. Puis, dans un mince rayon de lumière, Fred distingua plus nettement les traits livides, les yeux exorbités et les lèvres ouvertes de l'inconnu : son propre visage.

Il ébaucha un pas et comprit qu'il s'agissait de son image reflétée par l'étroit miroir en pied de l'entrée.

– Bon Dieu !

Son soupir rauque résonna dans le silence de l'appartement.

Il resta un moment immobile puis finit par enlever et accrocher son manteau. Il parcourut lentement et systématiquement l'appartement, recherchant les traces qu'aurait pu laisser un intrus. Il ne trouva rien.

– Il n'y avait personne, personne, murmura-t-il pour lui-même.

Il soupira, presque rassuré, et s'étendit sur le divan. Il alluma la radio et trouva rapidement sa station préférée. Étendu, immobile, il se laissa emporter par la musique bienfaisante.

Il se sentait mieux. Il sourit.

– Rien qu'un fichu reflet, marmonna-t-il avec un rire étouffé.

Plus tard, comme il avait faim, il alla prendre le beurre dans le réfrigérateur. Il ouvrit la porte blanche et aperçut une feuille fixée à une bouteille de soda.

Il saisit le message d'une main tremblante et le lut lentement :

Alors tu es allé voir Corell. Inutile. Il ne peut pas t'aider. Ce n'est pas lui que nous voulons, mais toi. Transpire encore un peu. Transpire un bon coup. Ensuite, il sera temps de crier.

Ton ami. Le tueur

Fred s'assit à sa table en fixant le mur gris en face de lui. Il repensa à l'oiseau et aux yeux étincelants du serpent.

7

Il téléphona à son père et lui lut le message lentement, en insistant sur chaque mot. Il y eut un silence pesant à l'autre bout du fil, puis Corell déclara :

– Je m'en occupe.

Il raccrocha brutalement.

« Je le torture », se dit Fred. Mais une nouvelle idée l'assaillit. « Et si c'était lui qui me torturait ? S'il essayait volontairement de me terroriser pour me faire revenir vers lui, me forcer à faire de nouveau partie de sa vie ? »

Il secoua violemment la tête et tenta de chasser la folle supposition, mais celle-ci tournait dans son esprit, s'enfonçant profondément en lui alors même qu'il croyait l'avoir oubliée.

À la fin de l'après-midi, il descendit acheter du lait à la petite épicerie du coin de la rue. La neige tombait toujours, légère et duveteuse, formant des monticules boueux de chaque côté de la chaussée. Ayant payé le vieil épicier solitaire, il sortit du magasin en serrant le lait contre lui, la tête baissée afin de résister au vent et à la neige. Il n'y avait personne d'autre dehors, un silence profond l'environnait. Pas un bruit, pas un mouvement, que les flocons obsédants poussés par le vent.

Il décida sur un coup de tête d'acheter le journal du soir dans la boutique qui se trouvait de l'autre côté de la rue.

Il s'arrêta et écarquilla les yeux, éprouvant soudain au fond de lui-même une étrange sensation de mystère.

Il ne percevait pas un son, pas un mouvement, rien que la neige. Il lui semblait que la rue s'était détachée des autres rues vivantes de la ville, qu'elle flottait au sein d'un univers mort et silencieux. Et il se trouvait seul dans ce monde, debout, les yeux grands ouverts sur l'obscurité, attendant que sa destinée s'accomplisse.

Il se remit en marche, baissant toujours la tête afin de se protéger des rafales. Il avançait au milieu de la chaussée quand soudain une voiture fonça sur lui. Surgissant de l'ombre et des tourbillons de flocons blancs, elle se précipita dans sa direction, énorme, noire et mortelle.

Il poussa un cri et, dans la même seconde, il sentit que quelqu'un le bousculait brutalement. Projeté hors de la trajectoire de la voiture, il alla heurter un tas de neige boueuse.

La voiture ne s'arrêta pas, elle s'enfonça dans la nuit. Sa forme sombre s'évanouit comme si elle n'avait jamais existé et le profond silence du soir s'empara de nouveau de la rue.

Par terre, Fred sentait la neige lui mouiller le visage. Il attendit un moment que ses frissons se dissipent, puis il se mit à genoux. Il leva les yeux et la vit, penchée au-dessus de lui.

– Une bonne façon de se suicider, remarqua-t-elle.

Elle secoua les flocons de neige accrochés à son manteau ; il comprit qu'elle était tombée en le poussant hors de la trajectoire de la voiture.

Il se releva lentement et lui dit :

– Merci beaucoup.

Elle sourit.

– Tu n'avais pas vu la voiture ? Tu te dirigeais droit sur elle.

Il secoua la tête.

– Je l'ai aperçue trop tard. J'avais la tête baissée et je pensais à autre chose.

Ils montèrent sur le trottoir et se dévisagèrent. Elle finit par dire :

– Avec ce temps, ce n'était pas la meilleure façon de traverser.

Il approuva et murmura :

– Ce n'est pas une façon de traverser quel que soit le temps. Merci encore.

– Ce n'est rien. Une chance que je me sois trouvée juste derrière toi.

– Oui, une sacrée chance. Mais tu es tombée aussi. Tu ne t'es pas fait mal ?

– Ça va.

Elle rit doucement de sa sollicitude.

– Ton manteau est couvert de boue.

Son regard alla du vêtement au visage de Fred.

– Ce n'est qu'un vieux manteau. Je l'ai déniché dans une friperie sur Perry Street. Tout à dix dollars. Et toi ? Tu es resté un bon moment par terre...

– Ça va.

– Je t'ai drôlement bousculé. Pas de mal ?

– Non, mais tu es forte.

– Pour une fille ?

Ses yeux brillaient.

– Pour n'importe qui.

Ils rirent ensemble.

– Tu es arrivée au bon moment, reprit-il doucement.

– On appelle ça le destin.

Elle haussa les épaules.

– Au bon moment, répéta-t-il. Je ne l'oublierai pas. Jamais.

– Mais si…

– Non.

Pour la première fois, il la regarda droit dans les yeux alors que la solitude de la rue les environnait. Il murmura à voix basse :

– Le destin…

La neige tourbillonnait autour d'eux. La lumière d'une vitrine les éclairait, éclaboussant les cheveux blonds de la jeune fille. Elle avait un visage clair et ouvert, des yeux bleus, larges et francs, où dansait presque tout le temps une petite lueur malicieuse.

– J'ai froid, dit Fred.

– Tu trembles encore ?

– Oui. J'ai besoin d'un verre.

Elle parut hésiter.

– Viens. Après tout, maintenant que tu m'as sauvé la vie, tu es responsable de moi.

– Vraiment ?

Elle sourit, mais il sembla à Fred que son regard trahissait une soudaine lassitude.

– Oui. Les anciennes tribus croyaient en ce genre de choses. Si quelqu'un sauve une vie, il en reste toujours responsable. Tu n'as jamais fait d'anthropologie ?

– Non.

– Qu'en penses-tu ?

Elle rit.

– Bon, alors maintenant je suis responsable de toi.

Il la conduisit jusqu'à un petit café, au coin de la place St-Marks et de l'avenue B. C'était un endroit chaleureux et animé, les clients bavardaient et semblaient se trouver bien ensemble. Dehors, la neige tombait toujours.

Elle se nommait Callie Ross.

– Ça rime avec Sally.

– C'est vrai.

Elle parlait lentement, pausément.

– Mon père voulait m'appeler Calvin. Il était sûr qu'il aurait un garçon. Il ne m'a jamais vraiment pardonné d'être une fille. Parfois il était très gentil avec moi, et parfois absolument horrible. Il était persuadé que je lui portais malheur. En réalité, il se détruisait lui-même, il se débrouillait toujours pour s'attirer des ennuis.

Elle se tut et contempla ses doigts effilés et nerveux. Ses mains étaient minces mais puissantes, à la fois souples et fortes.

– Continue.

– Ma mère voulait m'appeler Sally. Alors,

finalement, ils se sont mis d'accord sur Callie.

– C'est un joli nom.

Ses yeux brillèrent gaîment.

– Tu l'aimes ?

– Oui.

– Tu ne te moques pas de moi ?

– Non, Callie.

Elle se pencha sur la table et prit la main du garçon dans la sienne, dans un geste d'enfant heureux.

– Il y a des gens qui ne l'aiment pas, pour une raison ou pour une autre.

– Moi si.

– Bien.

Elle ajouta, d'une voix calme et dure :

– Il y a des jours où je hais ce nom. Où je le hais vraiment.

– Tu ne devrais pas.

Son regard était glacial.

– Il y a des jours où je me hais moi-même. Je voudrais n'être jamais née, je le souhaite de toutes mes forces.

– Je ne te crois pas.

– Pourquoi pas ?

– Ce n'est pas possible. Il suffit de te regarder.

– Tu ne regardes pas d'assez près.

Elle eut un petit rire désabusé.

– Il nous arrive à tous de nous détester,

au point de vouloir nous tuer... ou de tuer quelqu'un d'autre. Ça ne t'est jamais arrivé ?

– Non.

Elle rit encore.

– Allons, ça arrive à tout le monde. Lis Freud, on est tous comme ça. Pourquoi crois-tu qu'il y a eu tant de guerres ? Et depuis toujours ? Allons Fred, tu sais bien que j'ai raison.

– Peut-être, admit-il à regret.

– Peut-être... répéta-t-elle en se moquant gentiment de lui.

Il l'observa pendant qu'elle sirotait son café. Elle buvait lentement, avec élégance, l'air de savourer chaque gorgée. Elle paraissait posséder une parfaite maîtrise d'elle-même, y compris aux moments où elle parlait avec passion et amertume. Elle conservait toujours son calme, comme si elle avait été trempée dans de l'acier.

Elle posa sa tasse et reprit :

– Tu fuis quelque chose, non ?

– Je ne sais pas, répondit-il évasivement.

– J'en suis sûre. Tu fuis quelque chose, hein ?

Elle le scrutait du regard.

– Et tu as peur, ajouta-t-elle doucement.

– Comment le sais-tu ?

– Je le devine.

– Ce n'est pas ça.

– Bon, alors ce n'est pas ça, admit-elle.

Elle but quelques gorgées de café. Elle l'observait toujours. Elle reposa la tasse et sourit affectueusement.

– Il faut savoir affronter la vie, Fred, même si ce n'est pas agéable. Et ce n'est pas souvent agréable. Mais c'est la seule manière de s'en sortir, tu ne crois pas ?

– Tu as sans doute raison.

– Et même si j'ai tort, c'est ma façon de vivre. À chacun sa propre folie, comme disent les Espagnols.

– C'est un proverbe espagnol ?

Elle acquiesça.

– Les Mexicains de la côte ouest le répètent souvent. Je savais même le dire en espagnol, mais j'ai oublié. Il y a longtemps, quand j'étais petite, mon père tenait un bar et beaucoup d'ouvriers agricoles mexicains venaient y boire. Et puis il a perdu le bar et nous avons déménagé. J'ai rapidement oublié tout l'espagnol que j'avais appris. C'est curieux comme on oublie vite.

Ses yeux étaient maintenant sombres et désenchantés. Elle répéta :

– C'est curieux…

– C'est un bon souvenir pour toi, Callie ?

– Oui.

– Pourquoi ?

– C'est simple : j'étais jeune et pendant un moment, un court moment, il y a eu de l'argent à la maison.

– Un court moment... murmura-t-il en la regardant.

Il lui sembla que ces mots résumaient l'existence de la jeune fille.

– Voilà ! Et si on parlait de toi ? Tu avais de l'argent quand tu étais gosse, Fred ?

– Toujours. Et même après.

– Assez d'argent ?

– Plus qu'assez.

– Tu as eu de la chance.

– Oui...

La voix du garçon était neutre, presque froide.

– Je suppose que ton père était un vrai gagneur ?

– Oui.

– Il vit encore ?

– Oui.

Elle soupira doucement.

– Le mien était un perdant, du début à la fin.

Elle se tut. Il regarda ailleurs. À l'autre bout du café, dans un coin sombre, un jeune type barbu, vêtu d'une salopette délavée, jouait doucement de la guitare en fredonnant un air mélancolique. Personne ne paraissait l'écouter. Pourtant, lorsqu'il se tut, tous les clients semblèrent subitement s'en rendre compte. Chacun attendit dans un silence général qu'il attaque une nouvelle chanson. Lorsqu'il s'exécuta, les bruits et les conversations reprirent, couvrant presque la chanson. Le musicien n'avait pas l'air de s'en préoccuper, ni même de s'en apercevoir.

« C'est absurde », se dit Fred. Puis il pensa : « Mais dans la vie, pratiquement tout est absurde. Absurde et sans espoir. La violence triomphe toujours. Que peut faire quelqu'un de bien dans un monde aussi pourri ? Qu'ils me tuent ou non, personne ne s'en soucie. C'est tellement absurde... »

Il se reprit aussitôt : « Ce n'est pas vraiment ce que je pense. Je veux faire quelque chose de ma vie, quelque chose de bien, comme je l'ai dit au professeur Elwood. Mais la peur commence à me détruire, elle me dévore. J'ai peur, horriblement peur, au fond de moi, à chaque instant, tout le temps. »

Il se retourna vers Callie, contempla son visage et se sentit réconforté, parcouru par une vague de chaleur. Ils recommencèrent à bavarder.

Elle était arrivée de la côte ouest la

semaine précédente. Elle voulait rester un an, peut-être davantage, à Greenwich Village.

– Je verrai si j'arrive à me débrouiller, Fred. D'ailleurs, les gens qui choisissent le Village veulent tous changer de vie, non ? Recommencer à zéro.

Il hocha la tête :

– J'aime le Village, les gens, leur façon de penser, leur façon de vivre.

– C'est pour ça que je suis venue. Tu agis comme bon te semble et personne ne vient fourrer son nez dans tes affaires. Absolument personne. C'est ça ?

– Oui.

– Agir comme bon te semble... Sur la côte ouest, il y a pas mal d'endroits qui ressemblent au Village, mais ils ne sont pas vraiment pareils. Tu comprends ce que je veux dire ?

– Je comprends, Callie.

– Quand je suis arrivée, jeudi dernier, et que je me suis retrouvée à Sheridan Square, je me suis dit : tout a commencé ici. Le Village est célèbre, non ?

La voix de la jeune fille était ardente, avide.

– Oui, Callie. Des tas d'artistes et de grands écrivains ont habité ici. Certains y sont encore.

– J'ai toujours rêvé de venir ici. Et me voilà.

– Te voilà, répéta-t-il en souriant.

Les yeux de Callie étincelaient. Son visage, sa voix paraissaient tout à coup très jeunes. « Ce n'est qu'une gamine, pensa Fred. Peu importe son âge, ce n'est qu'une gamine ». Il sentit monter en lui une impression de chaleur et le désir de la protéger. Il avait envie de se pencher vers elle, de l'entourer de ses bras, juste un instant, mais il ne le fit pas.

– Tu vis toute seule ?

Elle haussa les épaules :

– Je n'ai pas le choix. Mes parents ont divorcé, je ne les vois pas beaucoup. Je préfère les éviter plutôt que de prendre parti pour l'un ou pour l'autre quand ils se disputent. C'est plus simple. Cruel peut-être, mais beaucoup plus simple. Qu'ils aillent au diable ! Ils ont été cruels avec moi, chacun à sa façon.

Ses traits s'étaient durcis, assombris.

– Ils m'ont chassée de leur vie. Ils ont fait de moi une solitaire.

– Je sais ce que c'est, dit Fred lentement.

Elle l'observa, par-dessus la table.

– Il t'est arrivé quelque chose du même genre ?

Il hésita.

– Pas exactement. Mais ça revient au même.

– Tu vis seul ?

– Oui.

– Tu n'as ni frères, ni sœurs ?

– Non.

– Comme moi.

Sa voix était dure, passionnée.

– Puisque les gens ne peuvent pas vivre en paix les uns avec les autres, alors qu'ils aillent au diable. Je n'ai pas besoin d'eux, je le pense vraiment. Ils peuvent mourir, je m'en moque, même mon père et ma mère... qu'ils aillent au diable !

Fred resta silencieux, se surprenant à écouter la triste chanson du guitariste. Il songea à son père, au désespoir qu'il avait lu dans ses yeux sombres et féroces.

– Je hais la violence, Callie, dit-il. Je la hais de plus en plus.

Elle approuva d'un signe de tête.

– Les gens devraient apprendre à se connaître, à renoncer à leur haine et à leur sauvagerie. Il est temps, sinon il ne restera personne pour continuer.

– Je suis d'accord avec toi.

Un sourire se dessina sur ses lèvres.

– Tous les deux, on est du même bord.

– Je le crois aussi, Callie.

Elle rit doucement, alluma une cigarette

et se renversa sur sa chaise. Elle paraissait à la fois gracieuse et sûre d'elle, grande et mince ; Fred ne la dépassait que de quelques centimètres.

– Je t'ai dit que j'étais venue ici pour vivre à ma guise. Je m'intéresse à l'art. C'est ce que je préfère, surtout la peinture. J'en ai déjà fait un peu là-bas, j'ai même vendu quelques toiles, mais pas assez pour en vivre.

Elle lâcha une bouffée de fumée.

– C'est comme ça, Fred. Je travaille depuis que j'ai quatorze ans, des tas de petits boulots. Je suis grande, j'ai toujours fait plus vieux que mon âge. Les gens disent souvent qu'il est difficile de me donner un âge.

– C'est vrai, c'est dur.

– J'ai vingt-deux ans.

– Et moi, dix-neuf.

– Alors je suis plus vieille que toi.

– Hé oui...

Elle eut un petit rire narquois.

– Et alors ?

– Et alors ?

Ils éclatèrent de rire.

– Hé oui, des tas de boulots, soupira-t-elle. Serveuse, n'importe quoi, ce qui me tombait sous la main. J'ai mis un peu d'argent de côté, de quoi peindre quelque temps, et aussi prendre des cours.

– Des cours de quoi ?

– Oh, d'histoire de l'art et aussi sur les impressionnistes.

– Je les aime bien, mais ce ne sont pas mes préférés.

– Que penses-tu de Daumier ?

– Comme peintre ou comme caricaturiste ?

– Les deux. C'est un grand artiste, mais je le préfère quand il se moque de la société, quand il montre à quel point elle est injuste et pourrie.

L'espace d'une seconde, ses yeux parurent s'assombrir et lancer des éclairs. L'une de ses mains volontaires était posée sur la table. Elle se serra et il vit blanchir ses phalanges. Elle dit à mi-voix :

– C'est fou ce qu'elle peut être pourrie...

La main se décrispa lentement et Callie se mit soudain à rire.

– Ah, nous devenons trop sérieux. Parle-moi encore de toi.

– Je vais à N. Y. U.

– L'université de New York ?

– Oui.

– C'est bien ?

– Pas parfait, mais c'est une bonne université.

– Je pourrais m'y inscrire ?

– Pourquoi pas ? Tu t'y plairais.

Elle parut hésiter, puis demanda :

– Si on se donne rendez-vous demain, tu me feras faire un tour ?

– Bien sûr.

– Tu m'expliqueras comment faire pour m'inscrire ?

– D'accord. Mais ce n'est pas compliqué.

– Pour moi si.

– Pourquoi Callie ?

Elle hésita encore.

– Tu ne me croiras pas. Je peux parler des impressionnistes, de Daumier et de tas d'autres choses mais... je n'ai jamais mis les pieds dans une fac.

– C'est difficile à croire, dit-il en la dévisageant.

Elle haussa les épaules.

– C'est comme ça. Je me suis instruite seule, j'allais dans des bibliothèques publiques, j'empruntais des bouquins que je ramenais chez moi pour les lire et les étudier tard dans la nuit. Je n'ai jamais fini le lycée, tu peux imaginer le genre d'éducation que j'ai reçu.

– Elle ne me paraît pourtant pas mauvaise.

– Un fourre-tout, rien de plus.

Elle fit un geste impatient de la main.

– Mais pas du tout...

Elle le regarda.

– Tu te moques de moi ?

– Non, je dis ce que je pense, répondit-il en secouant la tête.

– Merci Fred.

Elle lui sourit gentiment.

– Pas besoin de me remercier.

– Oh si. Je me sens bien avec toi.

– Vraiment ?

– Oui.

– Il faudra qu'on se voit souvent.

– Tu en a envie ?

– Oui, Callie.

Elle serra sa main dans la sienne.

– Je suis heureuse de m'être trouvée derrière toi.

– Moi aussi. C'était le destin.

Il sourit.

– C'est bien ce que tu m'as dit ?

Elle lui lança un regard étrange et finit par dire :

– Oui... le destin.

Ils se turent. Le musicien cessa de jouer et la chanson mourut dans l'air. Dans le silence, Fred aperçut, debout derrière Callie, dans un coin obscur, non loin du musicien, la silhouette sombre et impassible de Heller.

Impénétrable, l'homme observait Fred et Callie de ses yeux mornes et inexpressifs. Callie remua sur sa chaise.

– Tu le connais ?
– Non.
– Lui a l'air de te connaître.
– Pourquoi tu dis ça ?
– Juste une impression.
Il se tourna vers elle.
– Tu ne le trouves pas sympathique, n'est-ce-pas Callie ?
Il effleura les mains de la jeune fille et les trouva froides.
– Ce n'est qu'une impression.
Heller pivota sur ses talons, sortit du café et disparut dans la neige.
– Il est parti, remarqua Fred.
Callie parut se détendre. Son regard se ranima et elle suggéra :
– J'aimerais bien un autre café.
– D'accord.
– Ce type, il avait l'air d'apporter la neige et le froid de la nuit avec lui…
Ils restèrent assis un certain temps, sans guère se parler. Puis ils sortirent à leur tour dans la rue et Fred escorta Callie jusqu'à son immeuble.
– Nous n'habitons pas très loin l'un de l'autre, remarqua-t-il en s'arrêtant devant la porte de la jeune fille.
– Bon ou mauvais signe ?
– Bon…

Brusquement, elle se pencha vers lui et l'embrassa sur les lèvres. Elle rit doucement et pénétra dans l'immeuble. Il vit briller sa chevelure blonde dans la lumière électrique du hall, puis elle disparut.

Il téléphona à Térésa d'une cabine publique. Pendant qu'il lui parlait, il revoyait la chevelure blonde et ondoyante de Callie.

– Tu as l'air de te sentir mieux, Fred.

– Vraiment ?

– Tes affaires se sont arrangées ?

– Oui.

– Plus de problèmes ?

Il hésita une fraction de seconde.

– Non.

– Tu commençais à m'inquiéter.

– Pas besoin de s'inquiéter, Térésa.

– Je suis soulagée. Tu veux venir voir le film de Bergman samedi soir ?

– D'accord.

Après avoir quitté la cabine et s'être replongé dans la neige, le garçon réalisa qu'il s'éloignait de Térésa. Et cela l'attrista.

8

Il était minuit lorsqu'on sonna. Fred se leva de la table de la cuisine où il lisait *Le Roi Lear* et s'approcha furtivement de la porte. Le passage qu'il étudiait, une tirade angoissée et désespérée prononcée par Lear contre la cruauté et l'injustice de son sort résonnait encore dans son esprit. Mais dans un autre recoin de sa pensée retentit la sonnerie tardive, bruyante, inattendue, l'inondant d'une vague de panique. Il regarda à travers l'œil ménagé dans la porte et reconnut la silhouette et le visage de Heller.

Puis il entendit la voix assourdie de l'homme :

– Ouvre.

Fred entrebâilla la porte, sans retirer la chaîne.

– Que voulez-vous ?

– Te parler.

– De quoi ?

– Commence par ouvrir.

Le garçon hésitait.

– Allons… je veux t'aider.

Fred ouvrit la porte et le laissa entrer. Heller pénétra dans l'étroit corridor, examinant le garçon. La porte était restée entrouverte et la faible lumière du palier les éclairait. Leurs silhouettes se découpaient, solitaires, chacun semblant muré dans son propre univers.

– Il n'est pas facile de t'aider, n'est-ce-pas, Morgan ?

– Possible.

Heller claqua la porte derrière lui. Ils se retrouvèrent dans une semi-pénombre.

– Ma vie est en jeu et toi tu ne sais que dire que « possible ».

– Votre vie ?

Au lieu de répondre, Heller proposa de sa voix sourde et rauque :

– Asseyons-nous et discutons, d'accord ?

– D'accord.

Fred pénétra dans le living et alluma une lampe. Il avança une chaise et s'installa sur le lit. Heller déboutonna son manteau sans l'enlever. Il s'assit sur la chaise, ôta son chapeau, en secoua la neige fondue qui s'écoula en gouttelettes luisantes, puis déposa son couvre-chef avec précaution sur la table de chevet. Il prit une cigarette, l'alluma et commença à fumer en silence. Son regard parcourut lentement la pièce : les fenêtres aux stores baissés, la bibliothèque remplie de livres, pour revenir se poser sur Fred. Sa chevelure d'un gris métallique étincelait dans la lumière, son visage rude aux traits abrupts était impassible.

– Tu as pas mal de bouquins.

Ses mains souples et puissantes rappelèrent bizarrement celles de Callie au garçon, qui en ressentit une sorte d'inquiétude.

– Tu les as tous lus ?

– La plupart.

– Par plaisir ou pour tes études ?

– Les deux.

– Pourquoi tu lis dans la cuisine ? Ici, c'est plus confortable.

– Je lis aussi ici.

– Mais ce soir, tu es resté dans la cuisine pendant plus de trois heures. Exact ?

Fred le dévisagea.

– Comment le savez-vous ?

– Je le sais. C'est mon boulot.

Une fois encore, ses yeux sans expression parcoururent la pièce avant de se poser sur le garçon. Il hocha sa tête grise.

– Tu as un petit nid douillet...

– Pas mal.

– Et tu veux le garder, pas vrai ?

– Oui.

– Douillet...

La voix de l'homme était moqueuse.

Fred brisa le silence.

– Pourquoi votre vie est-elle en jeu ?

L'homme le toisa du regard.

– Tu m'appartiens, Morgan. Entièrement.

– Je ne vous comprends pas.

– Tu vas comprendre.

Il fumait en silence, prenant son temps. Il fit un geste en direction du store.

– Ton nid douillet est une véritable souricière.

– Que voulez-vous dire ?

– L'escalier de secours, là, dehors. Et le toit en terrasse, juste au-dessus de ta tête.

Heller se leva, marcha jusqu'à la fenêtre, tira le store et observa la nuit pendant un instant. Puis il reprit doucement, sans se retourner :

– Notre ami peut arriver par le toit, descendre l'escalier de secours, se glisser ici pendant ton sommeil, comme un chat, et t'égorger. Tu as déjà pensé à ça, Morgan ?

Il se tourna vers Fred.

– Et personne n'entendra quoi que ce soit.

Le jeune homme répliqua calmement :

– Vous avez l'air de vous y connaître.

Heller se pinça les lèvres.

– Oui, je m'y connais.

Dehors, la neige s'était enfin arrêtée de tomber. La nuit était plus claire, les cordes à linge nues et couvertes de givre, le mur en briques de l'immeuble d'en face sombre et menaçant. Seules quelques fenêtres éclairées se détachaient dans l'obscurité. De l'endroit où il se trouvait, Fred en dénombrait quatre, à des étages différents. L'une d'elles se trouvait juste en face de chez lui.

Son regard s'attarda sur chacun des carrés de lumière et une phrase lui revint soudain en mémoire : « Quatre contre la nuit ». Il se demanda quand il l'avait lue ou entendue, puis il se souvint : son père lui avait raconté l'histoire de quatre soldats de son unité pris au piège au fond d'un fossé, cloués sur place par le tir de l'ennemi et tués l'un après l'autre. Personne n'avait pu les secourir, de la nuit entière.

Au matin, son père s'était exposé, réussissant à ramener les quatre corps au péril de sa vie. On l'avait décoré et il avait donné sa médaille à Fred. Le garçon se souvint de la foi absolue qu'il vouait alors à son père. Des années plus tard, au cours d'une matinée morne et amère, il avait rendu la médaille à Corell. Il avait compris qu'il ne pourrait plus croire en son père. Plus jamais.

Quatre contre la nuit...

Fred pensait : s'il avait été l'un des quatre, s'il était mort ce jour-là, il serait resté honnête et les choses auraient été différentes, tellement différentes...

Il n'y aurait jamais eu de monsieur Corell, ni de garde du corps posté devant sa fenêtre à scruter la nuit. Ni de tueur à l'affût attendant, attendant, attendant...

Heller se remit à parler de sa voix sourde et égale :

– Notre ami pourrait aussi s'embusquer sur l'escalier et t'abattre avec un silencieux. Puis il remonterait sur la terrasse et ce serait la fin de ton histoire, petit.

– Il pourrait le faire... murmura Fred.

Heller se planta face au garçon et secoua ironiquement la tête.

– Mais il ne le fera pas.

Il se rassit.

– Personne ne touchera à un seul de tes cheveux.

D'un geste énergique, il écrasa sa cigarette au fond du cendrier, comme s'il voulait la broyer. Il releva la tête, le regard froid et dur.

– Je dois te surveiller, que ça te plaise ou pas. Ce sont les ordres de monsieur Corell. Fourre-toi bien ça dans le crâne.

Fred ne répondit pas.

– Je ne veux pas d'histoires. À partir de maintenant, tu feras ce que je te dirai.

Fred restait muet.

– Écoute Morgan, dit brutalement Heller, si tu meurs, je meurs aussi.

– Corell vous tuera ?

– Oui.

Son visage était dur et fermé.

– On ne peut rien y faire. C'est programmé par l'ordinateur, programmé par monsieur Corell. Tâche de t'y soumettre.

Le regard de Fred évita celui de l'homme et se plongea dans la nuit. Heller reprit brutalement :

– Tu as téléphoné à Corell aujourd'hui, pas vrai ? Tu lui as parlé d'un message, un message du tueur.

– Oui, admit Fred à voix basse. Je lui ai téléphoné, j'ai perdu la tête.

– Ça lui a suffi, il s'est mis en branle. Il a envoyé des hommes à Detroit pour savoir ce qui se passe là-bas. Et il m'a expédié ici, pour que je reste avec toi.

– Avec votre vie en jeu.

– Tu as compris, petit.

Fred aurait voulu lui crier : « Pourquoi, pourquoi devriez-vous mourir pour moi ? Suis-je tellement important que vous y risquiez votre vie ? Je ne suis pas votre ami. On ne s'est jamais rencontrés, jamais. Je ne suis pas votre fils, ni votre frère, rien du tout. Alors, pourquoi ? » Mais le garçon ne dit rien, se contentant de fixer la nuit, lèvres closes.

– Tu as le choix.

– Lequel ?

– Veux-tu que je m'installe ici, oui ou non ?

– Corell vous a chargé de me poser la question ?

– Oui.

Fred secoua la tête.

– Dites-lui que je refuse.

– Comme tu veux. Mais je resterai à proximité, moi ou quelqu'un d'autre. Tu seras toujours protégé.

– Comme ce soir, au café ?

Heller esquissa un léger sourire.

– J'ai mis des heures à te dénicher.

– Et vous m'avez suivi.

– Oui. En sortant du café, vous êtes allés chez elle. Ensuite, tu es revenu ici. Seul.

– Alors, vous savez ça aussi.

– Oui.

Après un silence, Heller demanda avec précaution :

– Depuis combien de temps connais-tu cette fille ?

– Depuis un certain temps. Pourquoi ?

– D'où vient-elle ?

– De la côte ouest.
– De quel endroit exactement ?
Fred se leva sans répondre.
– Il faut tout vérifier, c'est la routine.
– Laissez-la tranquille, et mes autres amis aussi.
– Petit, tu oublies que ma vie est en jeu.
Il se leva et s'approcha lentement de la fenêtre.
Il resta un moment sans mot dire, puis fit signe à Fred de venir le rejoindre.
– Je veux te montrer comment on opère.
– Que voulez-vous dire ?
Heller lui désigna la fenêtre éclairée qui se trouvait juste en face d'eux.
– Tu sais qui habite là ?
– Vous vérifiez ça aussi ?
Heller sourit.
– Exactement. Dis-moi qui habite là.
– Un jeune couple. Ils ont vingt, vingt-cinq ans.
– Continue.
– Ils vont à l'Institut Cooper. Il veut devenir architecte.
– Ah, ah…
– Et elle, ingénieur.
– Elle a bien de la chance, rétorqua Heller, sardonique. Donc, tu les connais.
– Oui. Je les ai rencontrés l'année dernière et je les vois de temps en temps.

– Ah, ah...

– Cela vous convient-il ? demanda Fred avec amertume.

– Parfaitement, répondit l'autre doucement.

– Ce sont des gens bien. Fichez-leur la paix.

– On en a bien l'intention.

Heller se planta devant la fenêtre et leva le bras. En face, la lumière s'éteignit, puis se ralluma.

– Ils n'habitent plus ici.

Fred le dévisagea avec stupéfaction.

– Ils ont déménagé.

– Déménagé ?

– Nous avons occupé leur appartement.

– Pourquoi ?

La voix de Fred était presque inaudible.

– Nous en avions besoin.

– Et vous le leur avez pris ? Juste comme ça ?

– Juste comme ça... Maintenant, c'est un homme à nous qui loge en face. Il restera planté là jour et nuit. Si quelqu'un tente de s'introduire chez toi, on ne pourra pas le manquer.

Fred ne l'écoutait plus.

– Que leur avez-vous fait pour les obliger à partir ?

– Tu veux dire, à ton jeune couple ?

Une lueur impitoyable étincelait au fond des yeux de Heller ; Fred réalisa à quel point cet homme le haïssait et combien il prenait plaisir à le blesser.

– Nous les avons convaincus.

– Convaincus ?

– Oui, c'est ça.

– Que voulez-vous dire ?

Fred était livide de rage et ses mains tremblaient.

– On peut acheter tout le monde, Morgan, même les gens bien.

– Que voulez-vous dire ?

Fred agrippa le manteau de Heller. L'homme le repoussa, marcha vers la table et prit son chapeau. Lentement, avec un calme délibéré, il inclina le rebord d'un geste précis.

– Nous leur avons donné cinq mille dollars pour qu'ils s'en aillent.

– Je ne vous crois pas.

– Cinq mille dollars pour partir et pour tenir leur langue.

Fred secoua la tête avec violence.

– Vous ne leur avez rien donné du tout !

Heller boutonna son manteau.

– Bon. Disons qu'on ne leur a rien donné.

Fred se rapprocha vivement de lui.

– Qu'est-ce que vous leur avez fait ? C'étaient mes amis !

Heller le toisa d'un œil impassible.

– Ce n'était pas leur jour de chance...

– Sortez ! hurla soudain le garçon.

– D'accord.

– Sortez ! Je ne veux voir personne de votre espèce autour de moi, je préfère mourir !

– Ça pourrait bien arriver...

Heller ouvrit la porte et un rayon de lumière venu du palier les éclaira.

– Je suis mêlé à cette histoire, petit. Que tu le veuilles ou non, tu seras forcé de me supporter.

Son regard transperça le garçon.

– Tu es le fils de monsieur Corell, et personne n'a le droit de toucher au fils de monsieur Corell. Personne au monde.

Il sortit, refermant soigneusement la porte derrière lui.

9

Il laissa le téléphone sonner longtemps puis il finit par décrocher.

– Fred ?

C'était la voix de Callie.

– Oui ?

– Je te réveille ? Je suis désolée.

– Quelque chose ne va pas ?

– J'ai... j'ai peur.

– De quoi ?

Elle hésita, et finit par avouer :

– De l'homme de tout à l'heure.

– Quel homme ?

– Celui du café.

– Et alors ?

Nouveau silence.

– Callie ?

– Il a parlé à mon concierge.

– Continue.

– Ensuite, il s'est installé dans sa voiture, juste devant l'immeuble, surveillant toutes les allées et venues.

– Il est encore là ?

– Non, il vient de partir.

– Tu es sûre que c'est bien le même type ?

– Oui. Oui. Je l'ai vu par la fenêtre. Fred, j'ai peur.

Le garçon ne répondit pas.

– Tu es sûre que tu ne le connais pas ? demanda Callie.

– Persuadé.

– Il y a quelque chose chez lui qui me donne la chair de poule.

Il aurait aimé pouvoir lui dire qu'il la comprenait, qu'il ne la comprenait que trop bien.

– J'ai demandé au concierge ce que voulait le type, mais je n'ai rien pu en tirer. Il avait l'air terrorisé.

Fred contemplait le carré de lumière, de l'autre côté de la cour. Une lueur solitaire... sur fond de nuit.

C'étaient mes amis, Heller.
Ce n'était pas leur jour de chance.

– Fred ?

– Oui ?

– C'est... c'est bon d'entendre ta voix. J'ai peur... j'ai tellement peur...

Il resta complètement figé, ne sachant quoi lui dire.

– Il avait l'air de te connaître...
– Non.
– Pourquoi m'a-t-il suivie ?
– Comment sais-tu qu'il t'a suivie ? demanda Fred avec emportement.
– Ça ne te paraît pas évident ?
– Non ! dit-il brutalement. Ça peut être autre chose, n'importe quoi d'autre !
– Mais il, il...
La voix de la jeune fille se brisa.
– Callie, reprit le garçon avec gentillesse, je suis certain que tu as tort de t'inquiéter. Crois-moi, c'est une erreur.
– J'aimerais bien. Mais Fred, je... je ne veux pas être mêlée à une histoire avec... avec un type comme lui.
Il ne répondit pas.
– Fred ?
Son esprit était complètement vide. Puis il entendit à nouveau sa petite voix pitoyable.
– Fred, Fred, tu es toujours là ?
Il aurait voulu tendre les mains, l'attirer dans ses bras et dissiper ses craintes.
– Callie, écoute-moi. Il n'y a rien à craindre. Crois-moi, s'il te plaît.
La serrer contre lui... oublier, oublier pour toujours qu'il existait un tueur, qu'il existait un Heller, qu'il existait un Edward Corell. Oublier.

– J'essaie de te croire, j'essaie vraiment...

– Je ne connais pas ce type, et il n'a rien à voir avec toi. Est-ce que tu peux croire ça ? Est-ce que tu me fais confiance ?

– Oui, Fred.

– On se voit demain. Au café Loeb, à midi et demie. D'accord ?

– D'accord.

– Et maintenant va dormir, s'il te plaît.

– D'accord Fred, je te fais confiance.

Il lui parla comme à une enfant :

– Bien, bien, c'est beaucoup mieux. Maintenant, bonne nuit, Callie.

– Je suis heureuse de t'avoir rencontré, Fred. Je voulais que tu le saches.

Sa voix était toujours faible et timide.

– Moi aussi, répondit-il doucement.

– Bonne nuit, Fred.

Elle raccrocha.

Il se dirigea vers la table et s'assit dans l'obscurité. Un chien aboya dans le lointain puis le silence revint. Au bout d'un moment, la fenêtre d'en face s'éteignit.

10

Fred marchait sur le trottoir enneigé. Il était sur le point d'atteindre la grande arche de Washington Square lorsqu'une voiture s'immobilisa près de lui. C'était son père.

– Fred, est-ce que je peux te parler ?

– À quoi bon ?

Derrière son père, il apercevait la voiture, longue et lisse, et deux hommes assis à l'avant. Leurs silhouettes sombres se détachaient dans la clarté du matin.

– Tu vas à l'université ?

– Tu dois le savoir. J'ai été suivi depuis la seconde où j'ai quitté mon appartement.

– C'est pour te protéger, Fred.

– Mais bien sûr !

Corell était élégamment habillé d'un manteau bleu qui mettait en valeur sa silhouette énergique. Lorsqu'il se déplaçait, le manteau semblait faire partie de lui-même. Il portait des gants de chevreau noir, très doux au toucher et parfaitement ajustés.

– Ils essayent de ne pas se faire remarquer afin de ne pas te gêner.

– Ils suivent tes instructions, n'est-ce-pas ?

Corell hocha la tête, sans parler. Son visage était calme, impénétrable. Pourtant, au fond de ses yeux noirs, Fred décela une mortelle inquiétude.

– Alors, je peux suivre mes cours comme n'importe qui d'autre ?

– Oui.

– Comme si j'étais le fils d'un homme normal ?

– Oui.

– Merci beaucoup, papa. Merci bien.

Tandis qu'il parlait, il remarqua avec un étrange orgueil, mêlé d'amertume, à quel point son père était séduisant. Impossible de nier son élégance naturelle et sa force intérieure. Il comprit brusquement pourquoi sa mère n'avait pu abandonner cet assassin. Une vague de rancune et de désespoir le submergea à la pensée du tragique gâchis qui avait rongé l'existence de tant de personnes : son père, sa mère, et maintenant la sienne. Tout cela à cause de cet homme debout devant lui...

Le garçon eut envie de pleurer ; il se détourna vivement et dirigea son regard vers le parc. Il apercevait des bancs vides,

des arbres nus et quelques silhouettes isolées pourchassées par le froid. Vision silencieuse, blanche et désolée. Il perçut la voix de son père.

– Tu es particulièrement agressif à mon égard, ce matin. Pourquoi ?

Fred se tourna lentement vers lui.

– On m'a téléphoné au milieu de la nuit. Une amie.

– Ah... se contenta de murmurer Corell.

– Ils l'ont effrayée.

– Tu parles de Callie Ross ?

– Oui.

– Nous ne pouvons faire confiance à personne, Fred. Tu dois comprendre ça.

– Bien sûr. Tu vérifies toujours tout, comme une machine, comme un ordinateur.

Le visage de Corell se durcit et ses yeux lancèrent des éclairs.

– C'est pour ton bien.

– Personne n'a le droit de toucher au fils de monsieur Corell. Personne.

– C'est à peu près ça.

Ils se turent. Fred aperçut le professeur Elwood au loin, qui se dirigeait rapidement vers le bâtiment. Le regard du garçon s'attacha à sa silhouette vigoureuse ; il éprouva la tentation folle de courir derrière lui, de l'agripper et de lui dire...

– Heller s'est fait remarquer exprès.

Fred se retourna vers Corell.

– Je ne te suis pas, dit-il en fronçant les sourcils.

– Il voulait qu'elle sache qu'il avait interrogé le concierge. Il voulait qu'elle remarque sa voiture.

– Pourquoi ?

– Il avait l'impression de la connaître.

– Heller ?

Corell hocha la tête.

– Il voulait savoir comment elle réagirait, qui elle appellerait, qui viendrait à son aide.

– Et alors ?

– Il se trompait.

– Que veux-tu dire ?

– Il ne la connaissait pas, il s'agissait de quelqu'un d'autre. Elle n'est plus suspecte.

– J'aurais pu te le dire d'avance. Où est-ce que Callie aurait rencontré un type comme Heller ?

– On a déjà vu des choses plus curieuses, Fred.

Le garçon regarda durement son père et dit :

– Dans ton monde. Pas dans le mien.

Corell se permit un petit sourire mais ne répondit pas.

– Ils ne l'inquiéteront plus ?

– Non.

– Et je peux continuer à la voir ? demanda Fred d'une voix sardonique.

– Oui, Fred.

– J'ai d'autres amis. Je suppose que tu les connais déjà tous ?

– Tu es un garçon sympathique, tu as de nombreux camarades…

– Je tiens ça de toi…

Une nouvelle fois, Fred distingua une terrible lueur de détresse dans le regard de son père. Corell reprit calmement :

– On les a tous contrôlés.

– Je vois…

– Discrètement. Ils ne se sont doutés de rien.

– Comme pour Callie.

– Cela ne se reproduira plus, je te le garantis.

– Plus de coups de téléphone en pleine nuit ?

– Non.

Corell sourit et son visage énergique et séduisant parut rayonner de chaleur humaine. Fred mesura l'intensité du charme que possédait son père. Si Corell avait accepté de vivre parmi les gens normaux, il aurait pu à son gré les diriger, les aider ou les gouverner.

– J'espère que tu n'as pas oublié le professeur Elwood ? demanda Fred avec aigreur. Nous sommes très liés. Il pourrait y avoir un motif, ça n'est pas plus absurde que le reste.

– On s'est occupé de lui.

Fred eut un rire forcé.

– Et l'oncle Arthur ? Il ne faut pas oublier l'oncle Arthur.

Corell pinça les lèvres, ses yeux étincelaient.

– Je ne l'oublie jamais.

– Et alors ?

– Rien. Quand l'as-tu rencontré pour la dernière fois ?

– Après notre conversation au Club.

Corell se tut, pensif.

– Il me hait, murmura-t-il comme pour lui-même.

– Aucun doute là-dessus.

– Mais il t'aime. Tu es le fils de sa sœur…

Il ajouta doucement :

– Le fils de Jessie… Il ne t'appelait jamais autrement quand tu étais petit.

– Mais tu le fais quand même surveiller ?

– Oui.

– Tu ne négliges jamais rien, pas vrai ?

– Pas quand il s'agit de toi, Fred.

Une brise soudaine caressa les cheveux bruns du jeune homme et manqua d'emporter le chapeau gris de son père. Corell le retint d'un mouvement rapide et Fred vit les deux hommes dans la voiture se raidir et se pencher, prêts à jaillir de l'auto et à courir vers leur patron. « Ils surveillent chacun de tes mouvements, mon cher père, se dit-il. Pour eux, tu es le Bon Dieu en personne. »

– À propos de tes amis de l'autre appartement... commença Corell.

– La fenêtre d'en face ?

– Oui. Ils ont été payés pour partir.

– C'est ce que Heller t'a raconté ?

– Oui.

– Il t'a menti.

– Heller ne me ment jamais, rétorqua Corell d'une voix neutre.

– D'accord. Combien ont-ils reçu ?

– Mille dollars.

– Il m'avait parlé de cinq mille dollars. Je te dis qu'il ne leur a rien donné. Il les a menacés et chassés de leur appartement.

Corell secoua la tête.

– Personne ne leur a rien fait.

– C'est un criminel, et il agit en criminel.

– Il obéissait à mes ordres, Fred. Ils se sont installés dans un autre quartier.

– Bien sûr, murmura le garçon.

Corell se pencha vers lui et lui dit avec conviction :

– Ils récupéreront leur appartement. Et je te garantis qu'ils ont touché mille dollars.

– Cinq mille dollars, coupa Fred d'un ton moqueur.

Corell cilla.

– Ils recevront cinq mille dollars. Je te le promets.

– Comment croire à tes promesses ?

– Tu dois attendre. Je ne peux rien te dire d'autre.

– Alors j'attendrai, dit sombrement Fred.

Un soleil indécis éclairait le ciel matinal. Les maisons qui bordaient le square semblaient tranquilles, des nuages gris et informes se reflétaient dans leurs fenêtres pâles. De temps en temps, une porte s'ouvrait, quelqu'un se hasardait sur le perron et descendait avec précaution les marches enneigées, jusqu'au trottoir boueux, avant de disparaître lentement dans la rue encore sombre.

Dans le lointain, le hurlement d'une sirène retentit un court instant.

– Autre chose, dit Corell.

– Quoi ?

– Ton amie, Térésa Rizzo.

– Oui ?

– Nous nous intéressons à son père.

– Pourquoi ?

– Tu l'as déjà rencontré ?
– Parfois.
– C'est un important entrepreneur en bâtiments.
– Et alors ?
– Il possède des intérêts en dehors de la ville...
– Que veux-tu dire ?
– À Detroit. Et je crois que tout vient de Detroit.

Fred attendit que son père achève son explication.

– Il connaît peut-être certaines personnes là-bas, des gens qui m'ont posé quelques problèmes il n'y a pas si longtemps.
– Pourquoi est-ce que le père de Térésa voudrait me tuer ?
– C'est ce que nous cherchons à découvrir.

Corell s'appuya contre l'arche et observa son fils.

– Qui crois-tu que ce soit ? demanda-t-il enfin.

Fred lui retourna son regard et haussa les épaules.

– Comment diable pourrais-je le savoir ?
– Tu dois bien avoir une idée ?
– J'y réfléchis sans arrêt. Je me réveille au milieu de la nuit en y pensant.
– Et ?

– Je n'ai pas la moindre idée.
– Pas l'ombre d'un suspect ?
Fred hésita puis répondit :
– Personne.
– As-tu reçu d'autres nouvelles du tueur ?
– Non.
– Eh bien moi si.
Fred écarquilla les yeux mais ne dit rien.
– Il m'a téléphoné. Tôt ce matin.
– Qu'est-ce qu'il t'a dit ?
– Il voulait juste savoir si tout cela me plaisait…
Les mains de Corell étaient enfoncées dans les poches de son manteau, mais Fred devina qu'elles s'étaient contractées.
– Il a sûrement dit autre chose.
– Comment le sais-tu ?
– Je le sais, c'est tout.
Corell se détacha de l'arche et se rapprocha de son fils.
– Fred, reviens à la maison et reste près de moi.
– Qu'est-ce qu'il t'a dit d'autre ?
– Chez nous, personne ne pourra te toucher.
Corell se pencha sur son fils, lui posa la main sur l'épaule et répéta :
– Personne.
Fred se dégagea.
– Fred…

– Qu'est-ce qu'il t'a dit d'autre ? demanda brutalement le garçon.
– Qu'il te contacterait demain. Voilà ce qu'il a dit.
– Continue.
– Et qu'il déciderait du jour et de l'heure de ta mort.
– Alors laisse-le décider, dit Fred.
Le père et le fils étaient immobiles.
– Fred, reprit doucement Corell.
Mais le regard du garçon errait au loin, vers le parc désolé et silencieux.
– Fred, sois raisonnable.
– Revenir à la maison ?
– Oui.
– Pour être en sécurité... murmura le jeune homme.
– Tu le sais bien.
Fred se tourna vers son père et l'affronta du regard.
– C'est ce que tu veux vraiment, non ?
– Je veux seulement te voir à l'abri.
– Tu veux que je revienne vivre avec toi. Mais c'est non.
Il secoua obstinément la tête et commença à s'éloigner de son père. Il s'arrêta soudain brutalement.
– Tu m'as demandé qui je soupçonne ?
Il revint rapidement vers Corell, l'air égaré et désespéré.

– Tu ne t'en doutes pas ?

Corell dévisagea son fils sans parler.

– Tu ne t'en doutes pas ? répéta Fred d'une voix aiguë.

L'un des gardes du corps était sorti de la voiture. Immobile, il se tenait aux aguets.

– Allez au diable, monsieur Corell, cria Fred. C'est vous ! C'est vous, mon cher père. Vous !

Il tourna les talons et se précipita en courant dans le parc.

– Fred !

Corell ne dit rien d'autre. Il s'appuya à l'arche pendant un long moment. Finalement, il regagna la voiture.

– Je veux voir John Heller, ordonna-t-il à ses hommes.

Son visage était grisâtre, ses yeux dilatés et farouches.

11

Fred alla à son cours. En entendant le professeur Elwood parler de Shakespeare et du roi Lear, il retrouva son calme. Il avait l'impression que les yeux bleus et pénétrants du vieil homme étaient rivés sur lui et que sa voix rythmée et harmonieuse lui disait : « Tiens bon Fred, tiens bon. Je connais les épreuves que tu dois traverser, mais il faut tenir bon, tout finira par s'arranger. »

Il suffit de tenir bon…

Au fur et à mesure que la matinée s'écoulait, Fred réalisait qu'il se trompait, qu'Elwood ne le regardait pas spécialement. Ce n'était de sa part qu'un désir éperdu de trouver de l'aide. Mais personne ne pouvait l'aider. Il se jouait la comédie ; le professeur ignorait tout de la peur qui le tenaillait, de la mort qui le guettait comme une ombre menaçante. Il ne savait rien de tout cela.

Fred cessa de fixer Elwood, et même de l'écouter.

Elwood termina la première partie de son cours et quitta la salle. Fred rejoignit Térésa et s'assit à côté d'elle. Il se mit à lui parler afin d'amener insensiblement la conversation sur son père.

– Il n'est pas là en ce moment.

– Ah ?

– Il est à Detroit.

– Qu'est-ce qu'il fait là-bas ?

– Il y a des affaires, comme dans des tas d'autres villes.

– Quel genre d'affaires ?

Elle lui sourit. Ses yeux sombres et limpides paraissaient amusés.

– Pourquoi est-ce que ça t'intéresse tout d'un coup ?

Il haussa les épaules.

– Je l'aime bien, alors ça m'intéresse.

– Lui aussi, il t'aime bien, dit-elle avec ce rire musical et affectueux qu'il connaissait si bien.

– Vraiment ?

– Tu le sais bien.

Il lui sourit, heureux de la voir penchée vers lui avec sa chevelure noire et brillante, son corps mince et gracieux. Une vague de chaleur l'envahit. Il se souvenait du bien-être qu'il avait ressenti dans le salon de sa maison, assis sur le sol à discuter de poésie et de littérature, pendant que la nuit d'automne enveloppait les dernières feuilles des arbres et que la quiétude du soir s'emparait de la demeure. Il se souvenait même l'avoir embrassée, la douceur de ses lèvres contre les siennes.

Mais, presque immédiatement, le visage de Callie s'intercala. Il en ressentit du chagrin et aussi une sensation de frustration.

– Tu es très au courant des affaires de ton père, Térésa ?

– Tu penses encore à ça ?

– Hé oui.

Elle ne riait plus et son regard commençait à trahir un certain étonnement.

– Je sais seulement qu'il travaille dans une société immobilière.

– Quelle sorte de société ?

Elle lui posa doucement la main sur l'épaule.

– Qu'est-ce que ça peut te faire, Fred ?

Il aurait voulu lui crier : « Ma vie est en jeu, Térésa ! Rien que ma vie ! » Il se contenta de sourire.

– Je ne sais pas exactement. J'ai envie de mieux connaître ton père, le genre de vie qu'il mène quand il n'est pas chez vous.

– Mais pourquoi ?

– Qui sait ? Je ne m'entends pas avec le

mien, alors peut-être que le tien pourrait devenir un père de remplacement.

– Un père de remplacement ?

– Quelque chose comme ça.

Il se mit à rire sans conviction. Assise à côté de lui, la main tendrement posée sur la sienne, Térésa lui demanda :

– Dis-moi, Fred, que fait ton père ?

Il hésita. La question le surprenait et l'irritait à la fois.

– Le mien ?

– Oui.

– Je ne te l'ai jamais dit ?

– Je ne te l'ai jamais demandé, répondit-elle calmement.

Il se leva brutalement et lança d'une voix coupante :

– Laisse tomber !

Elle le suivit du regard et soupira.

– Je ne te comprends pas.

– Tant pis.

Elle baissa la voix.

– Fred, ce sont des hommes d'affaires... des hommes durs en affaires...

– Durs ?

Elle hésita à son tour.

– Tu sais ce que je veux dire.

Il se rassit, très près d'elle.

– Oui, dit-il tristement. Je sais.

Elle secoua la tête et sa longue chevelure

noire chatoya dans la lumière du matin. Son visage s'était durci.

– Je ne crois pas que nous nous comprenions, déclara-t-elle posément.

– Mais si, Térésa.

Elle secoua la tête.

– Je ne sais plus de quoi tu parles.

– Bien sûr que si.

Ils se turent et restèrent immobiles, assis l'un près de l'autre dans un coin sombre de la salle de cours. Il regarda par la fenêtre et aperçut au loin la silhouette du carrousel en pierre ; il repensa à son père appuyé au pilier, en train de lui prédire un destin inexorable. Il serra et desserra les poings d'un mouvement machinal.

– Il y a quelque chose en toi Fred, que je...

La voix de Térésa se cassa.

– Continue.

– Tu m'as dit que tes problèmes s'étaient arrangés. Maintenant, je n'en suis pas si sûre. Je ne sais pas quoi penser. Quelque chose est en train de t'arriver, quelque chose de terrible.

– Tu crois ça ?

– Oui.

– Et d'après toi, qu'est-ce qui m'arrive ?

– Je ne sais pas. Elle avait l'air égaré. Fred, pourquoi es-tu si froid avec moi ces temps-ci ? Pourquoi ne me laisses-tu pas t'aider ? Aie confiance en moi !

– Térésa…

– Oui ? demanda-t-elle anxieusement.

Il lâcha, sans vraiment s'en rendre compte :

– Pourquoi ne le demandes-tu pas à ton père ?

Elle le regarda avec stupéfaction.

– À mon père ?

– Oui. Oui.

– Je ne comprends pas.

– Demande-lui, répéta-t-il, d'une voix basse et fiévreuse, demande-lui, et tu comprendras peut-être.

Les lèvres de la jeune fille se mirent à trembler et il crut qu'elle allait pleurer.

– Tu dis n'importe quoi, Fred.

– Demande-lui.

– Et qu'est-ce qu'il me répondra ?

– Tout ce que tu cherches à savoir.

Il réalisa qu'il la blessait et qu'il l'effrayait, mais il ne pouvait s'empêcher de continuer.

– Je dis n'importe quoi, hein ?

– Oui.

– Et qui ne dit pas n'importe quoi ? Dis-le moi un peu, Térésa.

Elle leva la main, presque timidement

vers lui, comme si elle voulait l'empêcher de poursuivre.

– Fred, je ne peux pas...

Il l'interrompit brutalement.

– Qui diable a encore la moindre valeur ? demanda-t-il d'une voix rauque et dure. La moindre valeur humaine ? En tout cas pas nos pères, nos très chers pères !

Elle s'inclina vers lui, comme si elle était blessée.

– Fred, implora-t-elle, qu'est-ce qui ne va pas ? Dis-le moi, s'il te plaît.

– Ce sont des assassins, pas vrai ? Ton père et le mien.

– Assassin ? Mon père ?

– Oui Térésa ! Parfaitement.

Il s'aperçut qu'on les observait. Il se leva et retourna lentement à sa place, la tête un peu basse. Elwood revint et continua son cours. Fred resta assis sans bouger, sans rien voir ni entendre de ce qui se passait autour de lui. Pourtant il sentait le regard de Térésa peser sans cesse sur lui, anxieux et interrogateur. Il entendait presque sa voix l'implorer.

« Pourquoi est-ce que je lui ai dit tout ça, pourquoi ? » se demanda-t-il.

Le cours terminé, il s'éclipsa sans lui donner le temps de le rejoindre. Alors qu'il traversait la rue pour se rendre à son rendez-vous avec Callie, il remarqua un individu qui se leva d'un banc et lui emboîta le pas. C'était l'un des hommes de Heller, l'un de ceux qui l'avaient suivi depuis le début de la matinée, lorsqu'il avait quitté son appartement. Le garde du corps reprenait sa filature.

Fred sourit avec amertume.

12

Le visage de Callie était défait. Pourtant ses yeux restaient calmes et brillants.

– Tu n'as pas dû beaucoup dormir.

– Pas beaucoup, non. Mais c'est drôle comme les choses s'arrangent le matin. Les peurs de la nuit se dissipent.

– C'est vrai.

Mais il pensait : « Pas pour moi, ce n'est pas vrai pour moi. »

– Il est arrivé quelque chose d'autre depuis.

Il se crispa.

– Que veux-tu dire ?

– Tout à l'heure, vers neuf heures et demie.

Elle alluma une cigarette tandis qu'il attendait qu'elle continue.

Ils étaient assis sur des chaises à dossier de cuir, à côté des fenêtres hautes et étroites qui donnaient sur la statue de Garibaldi, dans le parc enneigé ; des sièges modernes, dont les accoudoirs en aluminium brillaient dans la pénombre de la vaste pièce.

Il n'y avait personne autour d'eux, pourtant ils parlaient à voix basse, en chuchotant, comme s'ils avaient décidé d'un commun accord de garder pour eux le secret de leur conversation, à l'abri du monde extérieur.

Tandis qu'il attendait qu'elle reprenne son histoire, il la revit comme elle lui était apparue la veille, dans la rue, éclaboussée par la lumière de la vitrine, environnée de flocons tourbillonnants. Elle avait surgi dans son existence à ce moment précis, mais il lui semblait qu'elle avait toujours fait partie de sa vie, comme s'il la connaissait depuis des années, depuis toujours. Et il était certain que, de son côté, elle éprouvait la même chose.

– Oui, dit-elle, je pense qu'il était à peu près neuf heures et demie.

Elle se pencha et, d'une chiquenaude, expédia l'allumette consumée dans le cendrier en verre. Une fois de plus, il remarqua la souplesse et la force de ses mains.

– Le concierge est venu me parler.

– Et alors ?

Elle paraissait vouloir le tenir en haleine avant de continuer son histoire et il se demanda dans quel but.

– Il était tout sourire, pas du tout comme la nuit dernière. On aurait dit qu'il se sentait soulagé d'un grand poids. Il m'a donné une enveloppe et il est reparti.

Assise avec nonchalance, adossée au manteau étalé sur le dos de la chaise, elle portait une blouse bleue échancrée et Fred pouvait deviner la blancheur satinée de sa peau.

Elle se mit à rire.

– Il m'a donné l'enveloppe comme s'il était un garçon de course. J'aurais peut-être dû lui glisser un pourboire !

Elle se pelotonna davantage contre le vieux manteau de fourrure acheté dix dollars au fripier de Perry Street, un manteau usagé et démodé qui lui allait pourtant à la perfection.

Il se dit en la regardant : « Comment croire que c'est la petite fille terrifiée qui m'appelait au secours au milieu de la nuit ? »

– Tu veux la voir ?

– Oui.

Elle ouvrit son sac et en tira une longue enveloppe blanche qu'elle lui tendit. Toujours assis, il ne bougea pas, regardant alternativement l'enveloppe et la jeune fille.

– Ouvre-la, Fred. Il n'y a pas de nom dessus.

– Que contient-elle ?
– Vas-y.
Il l'ouvrit : elle contenait de l'argent.
– Compte.
Il examina les coupures. Il y avait cinq billets, cinq billets de cent dollars.
– Pour toi, Callie ?
Elle hocha la tête.
– Qu'est-ce que ça veut dire ?
– Tu ne le sais pas ?
– Non.
Elle rit de nouveau et il distingua au fond de ses yeux une lueur cynique et désabusée qui la fit paraître soudain beaucoup plus vieille.
Elle tendit la main vers l'enveloppe et il la lui rendit sans un mot. Elle rangea les billets dans son sac et claqua le fermoir avec un bruit sec qui résonna dans la pièce.
– Ce matin, vers dix heures, on m'a téléphoné. Un homme. Il était désolé, a-t-il dit, qu'on m'ait dérangée et effrayée pendant la nuit.
– Et puis ?
Il avait déjà compris mais son visage demeurait impassible.
– Il m'a dit que tu étais le fils d'un puissant politicien.
– Et puis ?
– C'est vrai, n'est-ce pas ?

– Qu'est-ce qu'il t'a dit d'autre ?

– Que ton père te fait sans cesse surveiller pour des raisons politiques.

– Des raisons politiques ?

– Il ne faut pas que tu sois impliqué dans un quelconque scandale qui pourrait menacer sa carrière. C'est ce qu'il a dit. C'était un type très calme.

Heller pouvait se montrer très calme quand il le fallait, pensa Fred. Et c'était le cas.

– Il a dit autre chose ?

Elle le regarda, l'examinant silencieusement de ses yeux bleus redevenus limpides et sereins.

– Tu ne te moques pas de moi, n'est-ce pas ?

– Non, Callie.

Elle leva le bras, remit en place ses boucles blondes et brillantes, puis reposa doucement sa main sur ses genoux. Chacun de ses gestes était gracieux et parfaitement contrôlé. Elle reprit :

– Il m'a demandé d'accepter les cinq cents dollars et de m'acheter une robe. Je n'ai pas pu m'empêcher de rire : cinq cents dollars pour une robe !

– Et puis ?

Elle laissa choir sa cigarette dans le cendrier ; un filet de fumée se mit à tourbillonner au-dessus du mégot.

– Tu ne seras plus dérangée, affirma Fred.

Elle ne parut pas l'entendre. Toujours assise, elle évitait son regard et observait la mince colonne de fumée avec une expression pensive. Elle murmura :

– Cinq cents dollars pour une robe...

– Il y a des gens qui dépensent encore davantage.

– Davantage...

– Tu le sais bien.

– Oui, c'est vrai.

Elle ajouta, comme pour elle-même :

– Quand j'avais quinze ans, j'ai travaillé pendant l'année entière et je n'ai pas gagné autant.

À l'autre bout de la pièce, un rire s'éleva, aigu, presque insupportable, qui se tut rapidement.

Callie le regarda et demanda brusquement :

– Tu as parlé à ton père, n'est-ce pas ?

Il ne lui répondit pas.

– Tu lui as parlé après mon coup de téléphone, hein Fred ?

Tout d'un coup, la jeune fille timide et effrayée de la veille réapparaissait.

– Nous avons un peu discuté.

– C'est pour ça que tu ne t'entends pas avec lui ? Il te fait toujours surveiller ? Il essaye de diriger ta vie à ta place ?

Fred hocha la tête.

– C'est pour ça. Et pour d'autres raisons.

Elle se pencha vers lui, posa la main sur son visage et ce contact lui rappela la chaleur de la main de Térésa, mais cette impression se dissipa aussitôt.

– C'est gentil de ta part de l'avoir appelé, Fred.

– Profite de l'argent.

Elle répéta doucement :

– C'est gentil de ta part.

Il éprouva un subit élan de tendresse à son égard.

– Passons le reste de la journée ensemble, lui demanda-t-il.

– D'accord, Fred.

– Ensuite, on pourra monter chez moi un moment. S'il te plaît, Callie.

Ses yeux l'imploraient.

Lentement, elle hocha la tête.

13

Assis côte à côte, ils contemplaient la nuit par la fenêtre.

– Il est tard, dit la jeune fille.

– Tu veux rester ici ?

– Non.

Elle l'embrassa doucement.

– Je vais rentrer chez moi, Fred.

– Tu es sûre ?

– Oui, j'ai des tas de choses à faire.

Il soupira :

– Je vais te raccompagner.

– D'accord.

Mais ils ne bougèrent pas.

– Callie ?

– Oui ?

– N'avons-nous pas passé une journée formidable ?

Elle hocha légèrement la tête.

– Si. Et une très belle soirée.

Il la serra contre lui puis la laissa aller avec douceur.

– Tu sais Callie, ça ne date que d'hier, et pourtant...

Sa voix s'éteignit.

– J'éprouve la même chose, Fred.

– Le temps, ça ne veut rien dire.

– Non.

Ils parlaient à voix basse et se sentaient très proches l'un de l'autre.

– Il n'y a que nous deux, Callie.

– Rien d'autre ne compte. Rien.

Elle se pencha vers lui ; il l'embrassa et pensa aux longs moments qu'ils venaient de vivre ensemble dans l'appartement ou à se promener dans Greenwich Village, aux heures merveilleuses et parfaites qui avaient chassé la peur et l'angoisse.

Elle s'étira.

– Il vaut mieux que je parte.

– D'accord, soupira-t-il.

Après qu'elle eut mis son manteau, il lui dit :

– N'oublie pas l'horloge.

Ils s'étaient arrêtés dans un magasin de Bleecker Street et il lui avait acheté, pour trente dollars, une vieille horloge murale. Elle ne voulait pas qu'il dépense autant d'argent, mais il avait insisté : « Cela nous portera bonheur, Callie. »

– Je ne l'oublierai jamais, Fred.

Elle ramassa sur le divan le paquet contenant l'horloge et ils quittèrent l'appartement. La nuit était claire et lumineuse et le garçon avait envie de chanter.

– Bonne nuit, Fred.

Elle l'embrassa et pénétra dans son immeuble ; sa chevelure blonde disparut rapidement.

Il tourna les talons et se dirigea vers la place St-Marks. Il n'avait pas fait dix pas que sa paix intérieure disparut. L'angoisse et la peur glacée le tenaillaient à nouveau.

– Bonsoir, dit-il calmement.

Heller surgit de l'obscurité et vint le rejoindre.

– Vous ressemblez à une ombre, lui dit Fred.

– J'essaie seulement de rester en vie.

Leurs pas résonnaient au même rythme sur le trottoir.

– Nous ressemblons à deux prisonniers, remarqua Fred. Enchaînés l'un à l'autre.

Ils cheminèrent côte à côte.

– Lequel de nous mourra le premier ? demanda finalement Fred.

Il vit Heller s'arrêter, se retourner et le regarder fixement, les yeux étincelants. Mais l'homme ne prononça pas une seule parole, pas un seul mot.

14

Le lendemain, Fred alla au cours mais il évita Térésa. Il se rendait pourtant compte de son angoisse ; elle voulait lui parler, avoir une explication, mais il ressentait à son égard un sentiment de culpabilité, et aussi de la tristesse. Il quitta donc la classe dès que possible et passa le reste de la journée avec Callie, chez elle. Après, il retourna place St-Marks et cette fois il fut abordé par Lang et non par Heller.

– On ne va pas tarder à coincer ce salaud.

– Oui...

– On est sur une piste.

Il escorta Fred dans l'escalier et le quitta devant la porte.

– Au revoir.

– Merci pour la balade, rétorqua le garçon.

L'après-midi s'achevait. Étendu sur son lit, il réfléchissait. Il ne pouvait pas s'empêcher de réfléchir. Lorsque le téléphone sonna, la nuit venait juste de tomber.

Il ne répondit pas immédiatement. Ses pensées se succédaient et se télescopaient jusqu'à devenir un tourbillon, une interrogation lancinante. Quand finirait cette torture ? Quand le laisserait-on tranquille ? « Pourquoi est-ce que ça m'arrive à moi, pourquoi ? »

Pêle-mêle, des noms s'enchevêtraient dans son cerveau angoissé. Callie. Térésa. Arthur Morgan. Corell. Elwood. Lang. Monsieur Rizzo. L'homme de Detroit. Quel était son nom ? Mon Dieu, quel était son nom ? Detroit. Son nom. Son nom. Ah oui, Landron. Tony Landron.

Quand est-ce que ça s'arrêtera ? Quand ?

Il finit par se lever et se rendit dans la cuisine. Il regarda par la fenêtre, aperçut les minces cordes à linge ballotées par le vent et vit le carré de lumière, juste en face de lui.

Debout dans l'obscurité, il écoutait la pénible et incessante sonnerie du téléphone. Il décrocha enfin le combiné, qui lui parut glacial.

– Allô ?

– Fred Morgan ?

La voix était basse et posée.

– Oui ?

La voix du tueur.

– Nous avons parlé à Corell. Nous l'avons réveillé, tôt ce matin.

– Je sais.

– Il t'a transmis le message ?

– Oui.

– Alors, comment te sens-tu ces temps-ci ?

Fred ne répondit pas.

– Corell n'a pas l'air en forme non plus.

Fred entendit rire son interlocuteur et il songea : « Je connais ce rire, je l'ai déjà entendu… déjà entendu… déjà… » Puis, cette pensée fut submergée par une vague de désespoir. « Je m'enfonce, se dit-il, je m'enfonce exactement comme un homme qui se noie. »

– Nous vous tenons bien tous les deux, pas vrai ?

L'homme rit de nouveau.

– Et nous allons continuer, jusqu'à ce que tu te mettes à crier.

– Qu'est-ce que vous me voulez ? demanda Fred.

Il aurait voulu hurler ces mots, les hurler dans l'obscurité, les hurler contre les murs qui l'étouffaient. Hurler. Puis il s'entendit parler à nouveau, d'une voix tendue et angoissée :

– Qu'est-ce que vous me voulez ?

L'autre répondit, toujours aussi bas, toujours aussi calmement :

– Nous te l'avons déjà dit : ta vie.

– Pourquoi moi ?

– Tu le sauras avant de mourir.

– C'est parce ce que je suis le fils de Corell ?

– N'essaie pas de faire le malin, petit.

– Il pense que vous venez de Detroit. C'est vrai ?

– Tu veux encore faire le malin.

Son désespoir lui inspira soudain une nouvelle idée :

– Est-ce qu'il y a un moyen de faire un marché avec vous ?

– Quel genre de marché ?

– De l'argent.

Il y eut un silence au bout du fil.

– Combien voulez-vous ? demanda Fred.

– D'où sortiras-tu cet argent ?

Fred n'hésita pas un instant. Il reprenait espoir, pensant que bientôt, très bientôt, cette torture prendrait fin.

– Corell me le donnera.

– Ah, Corell...

– Combien ?

Il y eut un nouveau silence.

– Cinquante mille ? proposa Fred.

– Jolie somme.

– Alors ?

– Fais encore un petit effort.
– Soixante-quinze mille ?
– Encore.
– Cent mille dollars ?
Fred attendit, au comble du désespoir.
– Cent mille ?
– Oui, oui.
– Tu commences à devenir intéressant, susurra la voix.
– Je peux me les procurer. Vous savez que je le peux.
– Oui, c'est vrai.
– Corell vous les donnera, il le fera, affima Fred rapidement. Dites-moi seulement de quelle façon il faut vous les remettre.
– Tu vas trop vite, petit.
– Que voulez-vous dire ?
– Tu dois d'abord me garantir qu'il n'y aura pas de piège.
Fred secoua la tête avec énergie, comme si l'autre pouvait le voir.
– Il n'y en aura pas. Tout se passera comme vous l'ordonnerez.
– Pas de souricière ?
Fred se souvint que Heller avait utilisé le même terme.
– Non.
– Pas de représailles de la part du Grand Chef ?

– Non. Aucune. J'aurai la parole de Corell. Je vous assure.

– Ça me paraît correct.

Fred tremblait de tous ses membres. La liberté était à portée de main, tellement proche... Le long cauchemar allait s'achever, il le sentait. Comme tout devenait clair ! Ils voulaient de l'argent. C'est ce qu'ils avaient toujours voulu, depuis le début : de l'argent. Comment Corell ne l'avait-il pas deviné ?

– Alors ? demanda-t-il dans un souffle.

– Ça me semble correct, répéta la voix avec une nuance de réflexion. Oui correct. Tu as bien dit cent mille dollars ?

– Jusqu'au dernier centime.

– J'en suis persuadé.

– Vous pouvez choisir le mode de paiement.

– Bien. Très bien.

– Alors ?

Il entendit le rire de son interlocuteur.

– Nous ne voulons pas d'argent, petit.

Des larmes de rage et d'impuissance lui montèrent aux yeux.

– Rien que ta vie.

– Salaud ! hurla Fred. Espèce de salaud !

– Ah, tu commences à crier...

– Donnez-moi une chance. Laissez-moi vous rencontrer, rien qu'une fois.

– Avec un revolver à la main, hein petit ?

L'homme eut un rire rauque.

– Tu es vraiment le fils de ton père. C'est le même sang qui coule dans tes veines. Mais nous te tenons, tu ne crois pas ?

Fred serra le poing autour du combiné, prêt à le broyer, à raccrocher l'appareil, à tuer la voix. La tuer ! Pourtant il n'en fit rien. Debout dans l'obscurité, il colla l'oreille contre le téléphone qui glissait dans sa main moite et attendit, contre son gré, que la voix reprenne.

L'image terrifiante de l'énorme serpent maléfique fascinant le petit oiseau voué à la mort s'imposa de nouveau à lui, aveuglante de clarté, de réalité.

Il lui semblait que les yeux du serpent étincelaient comme des diamants froids et diaboliques. Sous le regard du reptile, Fred frissonna longuement. Alors qu'il était sur le point de hurler de terreur, la vision se dissipa.

L'homme parlait de nouveau :

– Il n'y a rien à faire, petit. Tu es perdu. Rien ne peut te sauver.

« Rien », se répéta Fred.

– Par exemple, cette fenêtre éclairée, en face de ta chambre. Nous sommes au courant et nous connaissons l'homme planté là pour te surveiller.

Planté là. Heller avait utilisé la même expression.

– Nous savons que tu es protégé, mais notre dispositif est supérieur à celui de Corell. Heller est un homme de valeur, mais nous sommes meilleurs que lui.

L'homme eut un rire étouffé.

– Nous savons tout. Ce que tu fais. Où tu vas. Qui tu rencontres. Nous sommes même au courant pour cette fille.

– Quelle fille ?

– Elle s'appelle Callie, non ?

– Callie ? haleta Fred.

– Pourquoi ne vas-tu pas jusque chez elle, histoire de voir si tout va bien ?

– Que voulez-vous dire ?

– Quand tu l'as quittée, elle allait bien, non ?

Fred s'appuya au mur et murmura :

– Et alors ?

L'homme attendit un moment avant de répondre :

– Peut-être que maintenant, ça ne va plus aussi bien...

– Quoi ?

– Juste une suggestion, Fred...

– Si jamais vous touchez à...

Fred s'était mis à hurler, mais sa voix se brisa et il ne put continuer.

– Oui ? fit l'homme sur un ton de défi.

Fred prit une inspiration profonde, douloureuse, et il parvint finalement à se contrôler. Il demanda âprement :

– Que lui avez-vous fait ?

– Tu n'as qu'à aller voir.

– Qu'est-ce que vous lui voulez ? Pourquoi est-elle mêlée à cette histoire ?

– Tu l'aimes, n'est-ce pas ?

– Et alors ?

– Tu l'aimes même drôlement. Tu t'es laissé prendre dès que tu l'as vue. C'est ça ?

– Bon Dieu, faites-moi ce que vous voulez mais...

La voix l'interrompit doucement.

– Tu ne comprends pas, Fred. Nous voulons te torturer davantage. Te faire hurler de plus en plus fort.

– Est-ce qu'elle va bien ? ne put s'empêcher de s'écrier le jeune homme.

L'inconnu se mit à rire.

– Tu n'as qu'à aller jeter un coup d'œil dans l'allée, celle qui mène chez elle. Il y a une petite surprise qui t'attend.

– Une surprise... murmura Fred.

– Un cadavre.

Il entendit un déclic : la voix s'était tue.

15

Il tourna au coin du pâté de maison où habitait Callie et une rafale de vent le frappa de plein fouet. Les branches des arbres dépouillés bruissaient et frissonnaient. Il baissa la tête pour lutter contre le vent et continua à marcher farouchement, longeant les immeubles de pierre brune que la nuit sans lune faisait paraître noirs et informes. Tandis qu'il avançait, il lui semblait entendre la voix menaçante du tueur qui se moquait de lui.

Il atteignit l'immeuble de Callie. Il était, comme le sien, serré entre d'autres maisons. Il regarda les fenêtres aux stores baissés et constata qu'elles étaient noires et brillantes, semblables à de larges yeux vides.

Un brûlant éclair de peur le traversa.

– Callie, murmura-t-il.

Alors qu'immobile, il contemplait les fenêtres, une voiture tourna au coin de la rue et s'arrêta doucement le long du trottoir. Mais il était complètement absorbé par les fenêtres noires et vides, il ne voyait qu'elles.

Il se rua dans le petit vestibule et chercha fébrilement la sonnette de Callie. Il appuya à plusieurs reprises sur le bouton, espérant contre tout espoir qu'elle allait lui répondre. L'interphone resta muet.

Il poussa la porte vitrée de l'immeuble et ressortit, le regard fiévreux. Il se planta à nouveau devant les fenêtres, souhaitant désespérément les voir s'éclairer. La voix du tueur résonna une fois de plus à ses oreilles :

Une surprise t'attend, Fred.
L'allée, Fred.
L'allée.
Un cadavre dans l'allée.

Fred tourna le coin du pâté de maison et dévala la rue éclairée de flaques de lumières répandues par les lampadaires puis il se retrouva dans l'obscurité, entouré d'ombres, ne pensant toujours qu'à une seule chose : Callie, Callie… Callie.

Tout au bout d'un groupe de maisons silencieuses, il y avait une allée déserte qui donnait dans Perry Street. Il se souvint du fripier et du manteau à dix dollars de la jeune fille. Il la revit, debout sous la neige tourbillonnante, brossant le vêtement mouillé.

C'est un vieux manteau. Je l'ai trouvé chez un fripier de Perry Street.

Il la revoyait presque, devant lui, éclairée par la lumière de la vitrine. L'espace d'une seconde, il se sentit soulagé, apaisé. Puis il se souvint de la voix du tueur, dure et froide.

Une surprise t'attend, Fred.

L'image de la jeune fille s'évanouit dans la nuit âpre et glacée.

Fred s'engagea dans l'allée, fouillant craintivement du regard l'obscurité qui l'environnait. D'un côté, il y avait le mur de brique aveugle d'un entrepôt, de l'autre une haute palissade en bois qui clôturait le chantier de l'immeuble dont la construction avait été abandonnée depuis longtemps.

Une ampoule de faible puissance éclairait un bout de l'allée et une seconde, bleue celle-là, brillait à l'autre extrémité, vacillant sous les rafales de vent.

Le jeune homme prit une profonde inspiration et avança dans l'allée déserte. Il marchait lentement, avec hésitation, les yeux rivés au sol, s'efforçant de percer la pénombre. Son cœur battait, battait lourdement sur un rythme obsédant : Callie… Callie… Callie… Callie…

Il lui sembla soudain que son cœur cessait de battre : devant lui, gisant dans la neige près de la palissade, il aperçut la forme sombre d'un corps et le contour blanc d'un visage qui se détachait dans la nuit.

– Callie !

Sa voix résonna dans la nuit, aiguë et cassée. Il murmura à nouveau :

– Callie…

Il s'approcha de la tache blanchâtre et se mit à trembler violemment : ce n'était pas Callie. Il reconnut la figure de John Heller.

Fred s'agenouilla dans la neige et examina l'homme de main. Son visage était livide et rigide et il avait la bouche grande ouverte, dans une expression de totale stupéfaction. Fred distinguait à peine les yeux. Ils ressemblaient à deux trous noirs creusés au centre de la tache blanche. Pourtant, il crut déceler une étincelle de cruauté subsistant au fond de chaque trou. Le regard de Heller restait cruel même dans la mort.

Ensuite, Fred aperçut le chapeau, tombé à côté du corps, à portée de main. Étrangement, il se détachait clairement au milieu de cet espace noyé d'ombre et d'obscurité, de même que la chevelure grise de Heller.

Fred regarda le chapeau et se rappela le geste qu'avait eu Heller dans son appartement, cassant de la main la bordure de son couvre-chef. Les yeux de l'homme l'avaient scruté avec une telle froideur... comme Heller était alors confiant et sûr de lui ! Combien il s'était montré tranchant, certain de vivre encore longtemps, très longtemps...

Fred contempla l'homme étendu à ses pieds. Le vent redoubla de violence et la chevelure grise du mort se mit à frémir.

Fred entendit soudain une voix très proche de lui. Il frissonna et se retourna brusquement.

– Heller ?

La voix était âpre et amère.

– Ils ont eu Heller ?

Fred reconnut le visage marqué de Lang et il devina que ce dernier l'avait suivi depuis qu'il avait quitté son appartement.

– Comment savais-tu qu'il était là ? demanda-t-il rudement en désignant le corps.

– Le tueur... répondit Fred.

Sa propre voix lui parut étrange et lointaine.

– Il t'a téléphoné ?

– Oui.
– Pour te dire que Heller...
– Oui. Il me l'a dit.
Lang émit un grognement et déclara :
– On l'aura. Et alors, il n'aura plus envie de téléphoner à personne.
Il écarta Fred et s'agenouilla à son tour dans la neige. Il craqua une allumette et un court instant, le visage éclairé de Heller sembla redevenir vivant et menaçant.
– Il est bien mort, dit Lang.
Maintenant, Fred distinguait nettement les yeux écarquillés, remplis de haine et de stupeur.
– Bien mort... mais pas depuis longtemps.
L'allumette s'éteignit et le visage de Heller redevint une tache blanchâtre d'où toute émotion et toute cruauté s'étaient à jamais retirées.
– En plein dans le ventre, marmonna Lang. Deux balles très rapprochées.
Il se redressa et se retrouva debout aux côtés de Fred. Le jeune homme sentit la fureur et la rage de son compagnon.
– C'est un traquenard, fit Lang brutalement. Quelqu'un l'a piégé.
– Que voulez-vous dire ?
– Il connaissait le type qui l'a descendu. Je pourrais le jurer.

Le vent les frappait de plein fouet, faisant claquer le pan de leurs manteaux.

– Il le connaissait, répéta Lang.

Ils restèrent un moment silencieux, penchés sur le corps. Le couvercle métallique d'une poubelle résonnait dans le lointain.

– Ça ne peut s'être passé autrement.

L'homme s'ébroua et posa lentement sa main sur le bras de Fred.

– Reste là, contre la palissade.

– Ici ?

Fred écarquilla les yeux.

– Comme ça, personne ne pourra te voir. Même pas quelqu'un qui viendrait fureter par là. Je reviens tout de suite.

Fred vit l'homme s'éloigner rapidement. De nouveau plongé dans l'obscurité, il s'appuya à la palissade, en se demandant où pouvait être Callie et pourquoi le tueur s'était si cruellement moqué de lui. Pourquoi se jouer de lui et le torturer aussi impitoyablement ? Il se souvint des paroles de l'inconnu : « Nous voulons te faire hurler, Fred. »

Il soupira profondément et se pencha à nouveau sur Heller, examinant le corps, se demandant ce qui s'était passé. Comment avaient-ils pu abattre un individu de la trempe de Heller ? Un traquenard, avait dit Lang…

Dans ce cas, qui l'avait piégé ? Qui avait réussi à l'entraîner dans la mort, qui ? Seul le tueur connaissait la réponse.

– Le tueur... murmura Fred pour lui-même.

Il se sentait faible et désespéré, prêt à pleurer d'angoisse et de dégoût. Qui, dorénavant, pourrait empêcher le tueur de l'abattre à son tour ? Le téléphone sonnerait, la sentence serait prononcée, l'instant de l'exécution décidé. Qui pourrait empêcher ça, qui ?

Fred aperçut alors les silhouettes de Lang et d'un autre homme qui s'approchaient silencieusement.

– C'est ici, dit Lang.

Son compagnon examina Heller et déclara calmement :

– C'est tout ce que monsieur Corell a besoin de savoir.

– C'est Detroit, affirma Lang.

L'autre approuva d'un bref signe de la tête.

– Certaines personnes vont laisser leur peau là-bas d'ici demain soir.

Fred reconnut alors l'homme qui jouait au squash avec Corell, au Club.

– Monsieur Corell frappera au sommet, dit l'homme avec le même calme. Tony Landron en premier...

– Il tranchera la tête.
– C'est comme ça qu'il faut procéder...

Au bout de l'allée, la petite ampoule bleue oscillait dans le vent. Elle jetait un éclat bizarre, semblable à un étrange clin d'œil.

Lang reprit la parole :

– Heller connaissait tout le monde, d'un bout du pays à l'autre. Il a été piégé par quelqu'un en qui il avait confiance, quelqu'un qui l'a attiré dans l'allée sous un prétexte quelconque. On a dû le tuer juste avant que la nuit tombe, avec un silencieux.

– Nous ne savons pas comment ils s'y sont pris, Lang, mais ils ont réussi leur coup.

– Ils ont réussi... marmonna Lang.

L'autre homme haussa légèrement les épaules.

– Emportons-le loin d'ici.

– D'accord.

Les deux hommes le soulevèrent en l'empoignant fermement, chacun d'un côté. Le corps de Heller se balançait, comme s'il était ivre. Sa tête pendait sur sa poitrine et Fred devina le scintillement de sa chevelure grise.

– Le chapeau. Ramasse-le, lui dit l'homme.

Fred se pencha et ramassa le couvre-chef.

– Mets-le lui sur la tête.

Les mains du garçon tremblèrent et il faillit laisser tomber le chapeau dans l'obscurité. Puis il frôla la tête du mort, certain que Heller allait se secouer et lui crier : « Je suis capable de faire ça moi-même ! »

Mais Heller, sans un mot, sans un mouvement, laissa Fred placer le chapeau sur sa tête dodelinante. Ses yeux étaient grands ouverts sur le néant. Plus rien ne pouvait l'atteindre.

– Nous l'emportons, dit Lang. Tu ne l'as jamais vu. Tu n'es au courant de rien.

Fred hocha lentement la tête.

– Après notre départ, un taxi arrivera et s'arrêtera à côté de toi. Tu monteras et il te ramènera à ton appartement.

Fred approuva à nouveau, sans mot dire.

– Une fois chez toi, restes-y. Ne sors plus ce soir.

Fred les suivit jusqu'au bout de l'allée. Immobile, il les regarda introduire le corps de Heller dans une voiture. La portière noire claqua brutalement. La voiture démarra et il distingua les trois silhouettes assises sur la banquette arrière ; trois silhouettes dont l'une, celle au centre, appartenait à un homme mort. La voiture tourna au coin de la rue et s'enfonça dans la nuit.

Les rafales de vent redoublèrent de violence. Fred tourna les talons et courut vers l'immeuble de Callie. Ses fenêtres étaient toujours sombres. Elle ne répondit pas à l'interphone. Il ressortit et resta planté là, fou d'inquiétude, se demandant où elle pouvait se trouver et ce qu'il pouvait faire à présent. Est-ce que le tueur l'avait eue ? « Callie, Callie », se répéta-t-il...

Il entendit une voiture s'arrêter et une voix le héler :

– Montez.

Il se retourna. C'était le taxi.

– Vite, dit le conducteur.

Il ramena Fred à son appartement.

16

Alors qu'il introduisait la clé dans la serrure, il entendit le téléphone sonner à l'intérieur.

Il s'immobilisa dans l'entrée et écouta. Puis il pensa à Callie et fonça vers l'appareil.

– Allô ?

– Fred ?

C'était elle. Il se sentit transporté de joie et de soulagement.

– Tu vas bien ?

– Bien ?

Sa voix exprimait la surprise.

– Je veux dire… Je veux dire…

Il n'alla pas plus loin.

– Quelque chose ne va pas, Fred ?

– Non, Callie, se hâta-t-il de répondre. Tout va bien. Où es-tu ?

– Chez moi.

– Oh…

Il repensa aux fenêtres obscures.

– J'étais sortie. Je viens juste de rentrer.

Il eut l'impression que les fenêtres se dilataient devant lui, comme d'immenses prunelles vides. Il demanda :

– Tu reviens d'où ?

Elle ne répondit pas immédiatement, puis elle reprit finalement :

– À quoi crois-tu que je me suis occupée, Fred ?

– Je ne sais pas.

– Devine.

– Dis-le moi.

Elle se mit à rire.

– Je suis allée faire les grands magasins.

Il attendit qu'elle continue.

– J'ai eu un coup de folie. J'ai pris les cinq cents dollars et…

Il l'interrompit.

– Quels cinq cents dollars ?

Elle rit de nouveau.

– Tu as déjà oublié ? Les cinq cents dollars que ton père m'a donnés.

Il avait effectivement oublié.

– Je me suis payé une robe neuve avec.

– Pour cinq cents dollars ?

– Presque.

– C'est ton argent…

– Ça l'était.

– Oui… dit-il doucement.

Il continuait à penser à Heller assis entre

les deux hommes, l'air de se rendre à des funérailles, ses propres funérailles. Puis, il entendit Callie le questionner d'une voix aiguë.

– Fred, est-ce que c'était une folie ?

– Je ne sais pas, dit-il tandis qu'un vague sourire éclairait son visage.

– Tu devrais la voir sur moi. Elle est formidable.

– J'en suis sûr.

– Elle est simple et pourtant superbe. Et tellement agréable à porter. C'est une merveille.

– Une merveille ?

– Oui.

– Une merveille.

Soudain il se mit à rire, sans pouvoir s'arrêter.

– Fred ?

Il ne parvenait pas à se maîtriser.

– Fred, Fred, qu'est-ce qui ne va pas ?

Callie avait une voix inquiète et il devina que son regard était maintenant anxieux.

– Fred, répéta-t-elle.

Peu à peu, son rire se calma. Il se sentait vidé.

– C'est tellement drôle, dit-il. Tellement absurde. Comme ma vie, Callie, exactement comme ma vie.

– Absurde ?

« Et ma mort », se dit-il. Et, à Callie :

– Oui, c'est vraiment une idée absurde et farfelue.

Après un instant de silence, elle lui répondit :

– Maintenant, à cause de toi, je me sens coupable.

– Je suis désolé. Je ne voulais pas...

– Tu m'as gâché mon plaisir.

Il passa sa main dans ses cheveux et la retira couverte de sueur glacée.

– Je me sentais tellement bien, Fred, tellement bien. Et j'aurais tant voulu que tu me vois avec cette robe.

– Ça me ferait plaisir, Callie.

– Mais puisque tu me dis que c'est un caprice absurde et farfelu...

– Oublie ce que j'ai dit, juste un accès de mauvaise humeur.

– Mais tu l'as dit !

Il y eut un silence.

– Écoute, Callie. Je viens chez toi et tu me la montres. D'accord ?

– Pas maintenant.

– Pourquoi ?

– Je l'ai laissée au magasin.

– Je pensais que tu l'avais déjà...

– Non. Il fallait faire quelques retouches. Je dois passer la prendre demain.

– Je viens de toute façon. Je veux te voir.

– Non, Fred.

– Pourquoi…

– Je… Je…

Elle s'interrompit.

– Callie, j'ai besoin de te serrer contre moi.

Elle ne répondit pas.

– Très bien, soupira-t-il. Alors, à demain.

Il attendit sa réponse mais elle se taisait toujours.

– Callie ?

Encore un silence.

– Callie ? répéta-t-il, tandis qu'une terreur panique lui serrait le cœur. Callie…

Il lui sembla alors l'entendre soupirer, un soupir profond et poignant. Mais il n'en était pas sûr.

– Entendu pour demain, dit-elle, d'une voix soudain devenue étrange, neutre. Demain, insista-t-elle.

– À quelle heure, Callie ?

– Oh, disons six heures.

– Ça ira.

– Tu viens ici et on ira manger quelque chose.

– D'accord.

– Bonne nuit, Fred.

– Bonne nuit, répondit-il.

Il reposa le combiné. Il se rendit compte alors qu'il pleurait. Des larmes silencieuses coulaient sur ses joues. Il ne savait pas pourquoi.

17

Vers le matin, il rêva de sa mère. Vêtue d'une longue robe du soir blanche, ses cheveux roux brillaient et une rangée de perles étincelait sur ses gracieuses épaules. Ils étaient assis côte à côte sur son lit, au clair de lune ; des voix et de la musique parvenaient jusqu'à eux. La musique paraissait étrange, envoûtante, les voix semblaient trembler et flotter dans l'espace.

– C'est une jolie fête ?

– Oui, Fred.

– D'où est-ce que papa tire son argent ?

– Il travaille dur pour le gagner.

– Très dur ?

– Oui.

– Comme oncle Arthur ?

Elle rit.

– Oh, oncle Arthur n'a jamais travaillé un seul jour de toute sa vie.

– Mais il est riche ?

– Il est beaucoup plus âgé que moi. Quand tes grands-parents sont morts, il a hérité de leur fortune. Pas une somme fabuleuse, mais suffisante pour le rendre heureux le reste de sa vie.

– Il s'est occupé de toi ?

– Oui. Il a été comme un père pour moi. Et il l'est encore, d'ailleurs.

L'orchestre s'arrêta et les voix s'amplifièrent. Puis la musique reprit de plus belle et les conversations redevinrent hésitantes et voilées.

– Il n'aime pas papa.

– Comment le sais-tu ?

– Je le sais. Est-ce que tu aimes papa ?

– Oui, très fort.

– Alors, pourquoi est-ce que tu es tellement triste ?

– Mais je ne suis pas triste.

– Tu pleures. Je t'ai vu pleurer.

– Mais non, Fred, mais non.

– Je t'ai vu pleurer.

La musique devint discordante et les voix se turent.

– Pourquoi est-ce que tu n'aimes pas papa ?

– Je l'aime. Je l'aime. C'est un homme merveilleux.

En bas, tout le monde reprit en chœur :

– C'est un homme merveilleux !

Elle cria avec les autres :

– Il l'est, Fred. Il l'est vraiment !

– Mais tu pleures. Je vois bien que tu pleures.

Son visage aux yeux immenses et profonds était à présent très proche du sien.

– Non !

Et en bas, tout le monde s'écria :

– Non !

– Tu pleures.

– Non !

Son visage se ferma, ses pommettes saillirent, ses yeux se creusèrent, devenant de sombres cavités, et il se retrouva soudain face à un crâne ricanant.

– Maman !

Il haletait, essayant de fermer les yeux pour échapper à l'épouvantable vision, mais ses paupières refusaient de se clore. Un lourd silence s'abattit sur la maison, un silence qui paraissait vivre et palpiter. En bas, un tambour se mit à retentir. Boum ! Boum ! Boum ! battant au rythme de son cœur trépidant.

– Maman ! répéta-t-il, cette fois avec une terreur profonde.

– Non, Fred, non !

Le crâne grimaçant criait au rythme du tambour.

– Non !

– Maman ! cria-t-il, et il ne parvenait plus à entendre le son de sa propre voix. Maman ne me laisse pas seul. Ne meurs pas, ne me laisse pas seul avec lui !

Comme il tentait de l'agripper d'un geste désespéré, la robe du soir se détacha du corps de sa mère et il aperçut les os blancs et macabres d'un squelette.

Le collier de perles brillait toujours.

– Non, Fred, non !

Le tambour continuait de battre, de plus en plus fort, de plus en plus sauvagement.

Tout à coup, le collier qui entourait le cou du squelette s'embrasa. Les flammes vinrent lécher le visage du garçon, menaçant ses yeux.

Fred poussa un hurlement et se réveilla.

Il s'assit dans son lit, les yeux écarquillés. La lumière pâle de la lune éclairait la chambre silencieuse, le vent s'acharnait contre la fenêtre, comme s'il voulait la défoncer. La porte de la salle de bains était entrouverte. Il se leva comme un somnambule et se dirigea vers le lavabo. Il s'arrêta net, scrutant la pénombre.

Là, par terre, il y avait le chapeau de Heller...

Le téléphone se mit à sonner, encore et encore. Mais cette fois, Fred ne décrocha pas.

18

Le matin suivant, il resta chez lui, errant comme une âme en peine. Il commença à lire, allongé sur son lit, puis laissa tomber le bouquin et regarda fixement le mur en face de lui. Il se leva, alla dans la cuisine pour se faire du café et finit par se retrouver immobile, près de la fenêtre.

« Je suis pris au piège », songea-t-il.

Le téléphone sonna : c'était Térésa.

– Fred, tu ne viens pas en cours, aujourd'hui ?

– J'irai cet après-midi.

– Tu es malade ?

– Je vais très bien.

Après un silence, elle reprit :

– Fred, j'ai essayé de t'appeler hier soir. Tu étais sorti.

– Oui, pendant un moment.

Il y eut un second silence. Lorsqu'elle parla de nouveau, sa voix semblait s'être fêlée.

– Tu me fais de la peine, Fred. La façon dont tu agis vis-à-vis de moi me cause beaucoup de chagrin.

– Je suis désolé.

– Je croyais que nous étions très proches l'un de l'autre... Mais depuis quelques jours...

– Je te verrai plus tard, coupa-t-il.

– Fred...

– Plus tard.

Quand il se retrouva près de la fac, il comprit qu'il ne voulait pas la voir. Il ne voulait voir personne. Il ne pénétra pas dans le bâtiment et se contenta d'errer au hasard dans les rues de Greenwich Village avant d'échouer au café Loeb. C'était une journée grise et sombre. Il était là, à ruminer ses soucis, quand il entendit sa voix.

– Fred ?

– Salut, Térésa.

– Tu n'es pas venu.

Il haussa silencieusement les épaules.

– J'avais espéré qu'on pourrait se parler.

– On a rien à se dire, Térésa.

Elle s'assit à côté de lui.

– Je n'ai pas pu dormir, ces dernières nuits.

– Oublie ce que je t'ai raconté l'autre jour.

– Je ne peux pas, Fred.

– Alors tant pis, lui dit-il en se détournant pour regarder par la fenêtre. De sa place, il voyait Lang installé sur un banc en face, guettant son départ. Lang se lèverait, un autre homme viendrait le rejoindre et ils le fileraient à nouveau. Leur protection ne faiblissait jamais. Ils le défendaient contre une mort pourtant inévitable, se dit Fred avec amertume.

– Si tu as des ennuis, je veux t'aider.

– Je n'ai pas d'ennuis, Térésa.

– Je suis ton amie.

– Je sais, dit-il doucement.

– Je... je tiens beaucoup à toi, Fred.

À la façon dont elle prononçait ces mots, Fred comprit qu'elle avait deviné pour Callie, deviné qu'il y avait quelqu'un d'autre dans sa vie, mais qu'elle tenait quand même à lui.

– Tu ne veux rien me raconter ?

– Il n'y a rien à raconter, Térésa.

– Tu préfères vraiment ne pas en parler ?

Il se tourna vers elle et hocha silencieusement la tête.

– Entendu, Fred, lâcha-t-elle, presque à voix basse.

Il éprouva une tendresse soudaine à son égard, allongea la main et lui caressa doucement les cheveux.

– Tu es une fille bien, Térésa, une fille très bien. Pardonne-moi de t'avoir parlé comme ça l'autre jour. Je ne savais plus ce que je disais.

Il se penchait afin d'embrasser sa longue chevelure noire quand il remarqua une enveloppe blanche dans sa main droite. Il comprit en frissonnant de quoi il s'agissait.

Il s'écarta d'elle et se leva. Elle l'imita.

– Qu'est-ce que c'est ?

Les yeux de la jeune fille clignèrent sous le regard farouche de Fred.

– C'est pour toi.

À présent, il distinguait son nom écrit sur l'enveloppe.

– Alors, pourquoi est-ce que tu ne me l'as pas donnée tout de suite ?

– J'allais le faire.

– Bien sûr…

Il lui arracha l'enveloppe des mains, le visage maintenant fermé et livide.

– Où as-tu trouvé ça ? lui demanda-t-il rudement.

Elle détourna les yeux.

– Où, Térésa ?

– Elle… elle était sur ton pupitre quand je suis allée en cours.

Il déchira l'enveloppe et lut silencieusement le message tapé à la machine qui se trouvait à l'intérieur.

C'est pour aujourd'hui.
Je te laisse deviner le moment exact.
Ton ami.
Le tueur.

Fred froissa le papier dans sa main.

– Qui t'a donné ça ?

– Personne. C'était sur ta table.

Il lui saisit la main, la serrant à la broyer.

– Qui, Térésa ?

– Fred, tu me fais mal !

– Dis-le moi !

– Je te l'ai déjà dit.

– Bien sûr, fit-il méchamment. Tu me l'as déjà dit.

Il la repoussa, s'éloigna d'elle et quitta le café, le message de mort toujours froissé au creux de sa main. Une fois dehors, il le jeta loin de lui et le suivit un moment des yeux, tandis qu'il voletait dans la lumière grise de l'après-midi.

19

Une fois sur le trottoir, il vit Lang quitter son banc. À ce moment, un gros camion surgit dans la rue grise et silencieuse, isolant le jeune homme de son garde du corps. Le poids lourd s'immobilisa, un homme sauta à terre, plaça un revolver contre la poitrine de Fred et dit :

– Monte.

Le garçon se retrouva coincé entre le conducteur et l'homme au revolver. Le camion démarra, tourna dans West Broadway, dépassa plusieurs feux rouges, se dirigeant vers les quais, sans qu'aucun de ses occupants ne prononce une seule parole.

Assis, la tête baissée, Fred ressemblait à un condamné à mort attendant son exécution. Il se sentait désespéré, glacé de terreur, et, de façon absurde, prêt à éclater d'un rire hystérique. Il comprenait à présent qu'il n'avait jamais eu la moindre chance de s'en tirer, du moment où le tueur l'avait appelé pour la première fois. Tout s'était déroulé selon un plan à la fois absurde et implacable. Autant essayer de survivre à un cancer du poumon. Une fois le mal déclaré, la mort est inévitable.

Il n'avait aucune chance de s'en sortir. Aucune.

Le camion finit par s'arrêter devant les portes d'un entrepôt et le conducteur donna deux brefs coups de klaxon. Les portes s'ouvrirent, le camion pénétra dans le garage et s'immobilisa. Les portes se refermèrent avec un bruit sourd, semblable à celui d'une broyeuse.

« C'est donc ici que ça se passera », se dit Fred. Et au plus profond de sa terreur perçait une sorte de soulagement farouche. Tout était enfin terminé. Il pensa à Callie qui l'attendait chez elle, parée de sa robe à cinq cents dollars, avec son regard à la fois avide et plein d'espoir. Elle l'attendait, mais elle ne le reverrait jamais.

Il pensa aussi à Térésa, au regard rempli d'angoisse qu'elle avait eu lorsqu'il l'avait repoussée, puis au message mortel qu'elle lui avais remis.

– Monsieur Corell ?

Immobile sur le sol irrégulier du garage, se découpant dans la faible lumière qui traversait les fenêtres poussiéreuses, Fred contempla les reflets qui jouaient sur les flancs de l'énorme camion et les silhouettes des trois hommes qui l'observaient en silence. Puis il se tourna dans la direction d'où venait la voix, souhaitant farouchement, désespérément, voir son père à ses côtés. Mais il s'agissait d'un homme mince, de taille moyenne, aux cheveux gris, au visage large et à l'expression hagarde. Et c'est à lui et non à son père que cet homme s'adressait.

– Monsieur Corell ?

– Je ne suis pas Corell.

– Vous êtes son fils.

– Oui, murmura Fred.

– Je suis Landron, Tony Landron. Votre père sera bientôt ici.

Fred regarda l'homme sans rien dire.

– Nous allons l'attendre.

– Que me voulez-vous ?

– Attendons, répéta l'homme.

– Êtes-vous le tueur ?

Landron posa sur Fred le regard de ses yeux gris et las.

– Inutile de précipiter les choses.

Il désigna une chaise au jeune homme puis s'éloigna de lui et rejoignit ses compagnons. Fred s'assit lentement. Dehors, sur le bras de la rivière, s'éleva le son grave et profond d'une sirène dont l'écho mit un certain temps à s'évanouir.

Fred n'entendit aucun autre bruit. Ses ravisseurs ne desserrèrent pas les dents. Ils attendaient.

De temps en temps, Landron lançait sur Fred un regard anxieux et ses lèvres se contractaient en une ligne dure et mince.

Fred consulta sa montre : trois heures. Quand il la regarda à nouveau, il était trois heures et demie.

Dehors, on entendit un klaxon. Dans le garage, les hommes se raidirent et se penchèrent un peu. Malgré la pénombre, Fred pouvait distinguer leurs visages pâles et tendus.

Landron adressa un signe rapide à l'un d'entre eux. Celui-ci se rapprocha d'un commutateur fixé au mur et pressa un bouton. Les portes du garage s'ouvrirent ; une limousine bleu nuit franchit lentement le seuil et s'immobilisa.

Une fois les portes refermées, l'endroit se retrouva dans la pénombre. Fred reconnut pourtant la haute et puissante silhouette de son père. Il compta les hommes qui l'escortaient : ils étaient six.

Ils refermèrent les portières de la limousine qui claquèrent l'une après l'autre comme des coups de feu. Les hommes de Corell se disposèrent en éventail : chacun d'eux occupait une position précise, comme s'ils participaient à un très ancien rituel.

– Fred !

Corell rejoignit rapidement son fils et posa son bras sur ses épaules.

– Tu vas bien ?

L'espace d'un instant, Fred eut envie de rester là, immobile, sous la protection de ce bras robuste et puissant. Mais il s'écarta et dit simplement :

– Ça va.

Corell se tourna brusquement vers Landron : ses prunelles immenses et sombres lançaient des éclairs.

– Vous feriez mieux de vous expliquer en vitesse.

Landron hésita. Il avait l'air effrayé, diminué. Une fois de plus, Fred se rendit compte de la peur que son père inspirait autour de lui. Elle se répandait, polluait l'atmosphère, créait un climat insoutenable.

Landron parla d'une voix aiguë et affectée :

– Monsieur Corell, j'aurais eu le temps de le tuer, n'est-ce pas ?

– Expliquez-vous.

Landron hésita à nouveau. Il semblait avoir perdu toute sa superbe.

– Monsieur Corell, je suis venu de Detroit

en avion aussi vite que possible. On m'a dit que vous vouliez me faire abattre.

– C'est exact, dit durement Corell. Et j'y compte toujours.

Le front de Landron se couvrit de perles de sueur, minuscules et brillantes.

– Mais vous vous trompez ! Vous vous trompez ! Je ne suis pas celui qui poursuit votre fils.

Sa voix se fit suppliante.

– Vous vous en rendez compte maintenant ? Vous vous en rendez compte, n'est-ce pas ?

Corell attrapa Landron par le revers de sa veste et l'attira vers lui.

– Tu n'aurais jamais dû le menacer d'une arme, ni l'enlever. Personne ne m'a jamais fait ça. Personne n'a jamais osé !

– Comment vous prouver autrement que je n'étais pas le tueur ?

– Il fallait trouver un autre moyen.

– Il n'y en avait pas !

Corell relâcha lentement Landron et se tourna vers Fred.

– Est-ce qu'une de ces vermines t'a touché ?

– Personne.

– Tu en es sûr ?

– Oui.

Mais Corell ne voulait rien entendre.

– Montre-moi celui qui t'a menacé, dit-il en élevant à peine la voix.

– Personne ne m'a touché.

– Montre-le moi.

– Non.

Corell se détourna brusquement de lui et fit de nouveau face à Landron.

– C'est mon fils.

– Je défendais ma vie.

– Tu as failli la perdre, dit Corell, et il frappa violemment Landron au visage.

– Non ! cria Fred.

Puis le silence retomba.

Landron chancela, recula, porta sa main à ses lèvres et regarda avec incrédulité le sang qui coulait sur ses doigts. Il tira un mouchoir de sa poche et le pressa sur sa bouche.

– Je ne suis pas le tueur.

– Et Heller, que lui est-il arrivé ? interrogea rudement Corell.

Landron secoua la tête à plusieurs reprises.

– Nous n'avons rien à voir dans cette histoire. Absolument rien.

– Il a été piégé.

– Pas par nous. Pas par nous.

– Heller a fait équipe avec toi, dans le temps.

Landron acquiesça.

– À ses débuts. Et puis il est parti. Mais je n'avais rien contre lui, rien. Vous devez me croire !

– C'était un travail de professionnel. Quelqu'un l'a doublé.

Landron se rapprocha de Corell. Il serrait le mouchoir ensanglanté de sa main tremblante.

– Monsieur Corell, vous pensez que je crois avoir la moindre chance contre vous ? Que je vous déclarerais la guerre ? Vous pensez vraiment que je serais assez fou pour faire une chose pareille ?

– Un certain nombre d'incidents se sont produits dernièrement, rétorqua froidement Corell. Tu as essayé d'agrandir ton territoire, de rafler plus que ce que l'on t'avait accordé.

– Ce n'était pas moi mais certains de mes nouveaux hommes. Ils étaient trop ambitieux. Je m'en suis occupé.

– Vraiment ?

– Oui, oui. Ça ne se reproduira plus. Je veux être en bons termes avec vous, monsieur Corell.

– Je n'en doute pas…

Corell se détourna de Landron et toisa chacun des hommes silencieux qui l'observaient. Fred éprouva une étrange sensation d'orgueil en voyant que tous baissaient les yeux, même les gardes du corps de son père. Puis cet orgueil fit place à un sentiment de honte et d'amertume.

– Très bien, dit Corell à Landron. Vous pouvez repartir pour Detroit.

– Je voudrais vous aider à retrouver ce tueur.

Une expression glacée figea le visage de Corell.

– Je n'ai besoin de l'aide de personne, Landron. Maintenant, je sais de qui il s'agit.

20

Corell déposa son fils à son appartement de la place St-Marks et repartit, le visage froid et fermé, comme s'il se rendait à une exécution. Ils ne s'étaient pas adressé la parole.

À cinq heures douze – un instant de sa vie que Fred ne pourrait plus jamais oublier – le téléphone sonna : c'était Corell.

– Fred ?

– Oŭi.

– C'est fini. Il n'y a plus de tueur.

Au lieu de se sentir soulagé, Fred éprouva une sensation de froid qui lui donna presque la nausée.

– Tu ne dois plus t'inquiéter. Je me suis occupé de lui, une fois pour toutes.

Il y eut un rire sinistre au bout du fil ; Fred revit la main tremblante de Landron refermée sur le mouchoir ensanglanté.

– Qui était-ce ? demanda-t-il lentement, à voix basse.

– Je n'ai pas le temps de rentrer dans les détails maintenant. Je te téléphonerai à six heures. Où seras-tu ?

– Chez Callie.

– Callie Ross ?

– Oui.

– Je t'appellerai chez elle. Et maintenant Fred, respire, détends-toi. C'est fini.

Fred raccrocha et, de sa fenêtre, observa le crépuscule : l'appartement d'en face n'était plus éclairé.

– Fini, murmura-t-il pour lui-même.

Lorsqu'il partit chez Callie, à cinq heures et demie, personne ne le suivit. Il était à nouveau libre, libre d'aller où il voulait, débarrassé de la terreur que lui inspirait le tueur, de cette menace qui empoisonnait chacun de ses actes et chacune de ses pensées. Le tueur était sorti de sa vie.

Pourtant, il se sentait écœuré, tout son être criait et protestait. Il savait qu'il faudrait très longtemps avant que ne disparaissent cette douleur et cette sensation d'agonie. Le rire sinistre de Corell résonnait dans sa tête et il serra machinalement les poings. Il revoyait le mouchoir taché de sang de Landron. Le tueur était mort.

Il arriva chez elle alors qu'il faisait déjà nuit. Sa silhouette sombre traversa les unes après les autres les flaques de lumière répandues par les lampadaires. Au pied de son immeuble, il leva les yeux vers ses fenêtres et vit que le salon était éclairé. Il sourit, envahi par une sensation de joie et de chaleur. Callie...

Il monta l'escalier et sonna à la porte.

– Callie.

– Fred.

Elle se tenait immobile sur le pas de la porte ; la lumière du vestibule éclaboussait ses cheveux blonds. Il repensa à la première fois où il l'avait vue, dans la neige tourbillonnante.

– C'est bon de te revoir, dit-il doucement en l'embrassant.

– Entre.

Elle le conduisit dans le petit salon, en pleine lumière, afin de lui montrer la robe qu'elle portait. Derrière elle, la chambre à coucher était plongée dans l'obscurité.

Pour mieux lui faire admirer la robe, elle se mit à tourner sur elle-même. C'était une espèce de danse, une série de pirouettes de plus en plus frénétiques. Les paillettes de la robe jetaient des éclairs ; l'espace d'un instant, ils lui rappelèrent son rêve et le collier de perles enflammées. Son visage paraissait animé, souriant, impatient, et pourtant il crut déceler au fond de ses yeux une lueur blafarde, meurtrie. Il avait l'impression que les pupilles de Callie s'agrandissaient démesurément. Il frissonna, s'attendant presque à la voir se transformer en squelette, ses orbites se creusant de plus en plus. Il ouvrit grand les oreilles pour tenter de percevoir le battement du tambour.

– Fred ?

Elle s'immobilisa. La robe cessa de tourbillonner et elle retrouva sa silhouette naturelle.

– Que se passe-t-il ?

– Rien.

– Tu ne l'aimes pas ?

– Elle est très jolie, Callie, dit-il doucement.

– J'espérais tant qu'elle te plairait.

– Mais elle me plaît.

Le téléphone sonna. Elle parut blêmir et se raidir mais elle alla décrocher.

– Oui ?

Dans la chambre à coucher, la vieille horloge qu'il lui avait achetée dans Bleeker Street sonna six heures avec lenteur.

– Il est ici, disait Callie.

Elle se retourna et fit signe au garçon. Son visage était mortellement pâle.

– C'est mon père ?

– Je ne sais pas.

Elle lui tendit l'appareil sans un mot, s'éloigna et finit par s'asseoir sur le divan. Debout, il scrutait l'obscurité de la chambre à coucher. Il approcha le téléphone à son oreille.

– Allô ?

– Allô, Fred.

C'était le tueur.

– Ne bouge pas. Ne dis rien. Contente-toi d'écouter.

Après un bref silence, il entendit une autre voix : celle de son oncle, Arthur Morgan, neutre, morne, métallique. Fred comprit qu'il s'agissait d'un enregistrement.

– Il est six heures, cher neveu. Quand tu entendras ceci, je serai mort, mort de ma propre main. Aussi mort que tu le seras bientôt. Mais toi, on va t'abattre. Tu n'as aucune chance. Je t'ai préparé une souricière magnifique.

Fred se tourna et dévisagea Callie. Elle était assise sur le sofa, le visage impassible.

– Pourquoi est-ce que je te fais tuer ? Parce que c'est la seule façon de faire payer à ton père ce qu'il a fait à ma sœur bien-aimée, la seule façon de le faire souffrir autant que j'ai souffert. Tu es la victime idéale, et en plus tu es un Corell. Tu seras toujours un Corell. Il y a longtemps que tu as cessé d'être le fils de Jessie.

Fred regarda encore Callie : il lui sembla que ses pupilles s'étaient élargies, que son visage avait vieilli.

– Pourquoi ai-je attendu aussi longtemps ? Parce que j'ai toujours eu suffisamment de haine en moi, mais pas assez de courage. Il y a un mois, j'ai appris que j'avais un cancer. C'est ce qui m'a rendu courageux. Quelle ironie, n'est-ce pas, cher neveu ?

Fred perçut un léger ricanement, vite réprimé.

– La voix qui t'a tant terrifié appartenait à un acteur. Je l'ai payé royalement pour jouer ce rôle. Mais maintenant, le spectacle s'achève. Retourne-toi, Fred, et dis bonjour au vrai tueur.

Il se retourna. Callie s'était levée. Elle avait un revolver à la main.

– Toi ? murmura-t-il.

– C'est comme ça, Fred.

– Oui…

Il poussa un long soupir.

Le regard de la jeune fille était à présent suppliant, poignant.

– Il m'a engagé sur la côte ouest, Fred. Il m'a donné vingt mille dollars. Et à mon retour là-bas, j'en recevrai vingt mille de plus.

– Quarante mille dollars ? C'est ce que je vaux pour toi. C'est ça Callie ?

Les lèvres de la jeune fille se mirent à trembler.

– Callie !

Debout en face d'elle, il sut qu'elle ne pourrait pas appuyer sur la détente.

– Tu ne peux pas me tuer, Callie, dit-il. Tu ne le pourras jamais.

Il vit que le revolver tremblait et qu'elle avait les larmes aux yeux.

– Non, Fred. Pas toi. Pas toi.

Elle laissa tomber l'arme, s'approcha de lui et l'entoura de ses bras.

– Tu me crois n'est-ce pas ?

Elle fit un signe désespéré en direction de la chambre à coucher.

– Dis-lui que je ne t'aurais pas tué ! Dis-le lui !

Elle s'agrippa à lui.

– Le dire à qui, Callie ?

Son visage était décomposé par la terreur. Elle avait maintenant l'air d'une très vieille femme.

– Fred, je t'aime. Je t'aime vraiment. Je n'aurais pas pu te faire du mal. Jamais ! Jamais !

Fred vit alors son père surgir de l'obscurité et se planter devant eux, moitié dans l'ombre et moitié dans la lumière. Son visage était froid et impitoyable, le visage d'un bourreau.

– Dis-le lui !

Elle hurlait presque.

– Dis-le moi, Fred, répéta Corell.

Puis il secoua la tête.

– C'était une aventurière, une meurtrière. J'aurais pu l'abattre dès mon arrivée, il y a une demi-heure, mais je voulais que tu comprennes la vérité. Ce que ton oncle avait préparé pour toi. Et je voulais que tu constates toi-même ce qu'elle est en réalité. Je me suis occupé d'Arthur Morgan, je ne lui ai pas accordé le luxe d'un suicide. Je lui ai logé deux balles dans le corps. Il est mort. Lang est allé rendre une petite visite à l'acteur, qui recevra un salaire que Morgan n'avait pas prévu.

Corell désigna la porte.

– Bien, Fred. Je lui ai accordé un sursis d'une demi-heure. C'est fini. Pars maintenant.

– Fred, sanglota-t-elle, ne le laisse pas me tuer.

Du pied, Corell repoussa dans un coin de la pièce le revolver tombé par terre. L'arme tinta contre le sol, puis s'immobilisa.

– C'est ce qu'elle te réservait. J'ai retiré les balles.

– Callie ne m'aurait pas tué.

– Laisse-moi te parler un peu d'elle.

– Je ne veux rien entendre.

– C'est elle qui a piégé Heller. Il l'avait connue sur la côte ouest. Elle a usé de ses charmes et lui a proposé de partager le magot. Et puis elle l'a trahi : elle lui a donné rendez-vous dans l'allée et elle l'a abattu.

– Fred, gémit-elle, ne le crois pas.

– Je ne veux pas qu'elle soit tuée. Laisse-la repartir en Californie.

Corell secoua la tête.

– Ce n'est plus ton affaire. J'aurais dû régler ça en arrivant de chez Arthur. J'ai fait une erreur, la même qu'avec ton oncle, pendant tout ce temps. Je savais qu'il me haïssait mais je pensais qu'il était trop lâche, qu'il ne tenterait rien. Je savais aussi qu'il avait consulté un spécialiste, mais je n'ai pas fait le rapprochement. Le cancer et le courage... Alors, j'ai soupçonné Landron, j'ai soupçonné tout le monde. Lorsque j'ai été convaincu que Landron était innocent, qu'aucune piste ne donnait rien, j'ai compris mon erreur. Ça ne pouvait être qu'Arthur. J'ai fait suffisamment d'erreurs...

Il secoua la tête, l'air sombre, et sortit un revolver muni d'un silencieux.

– Va-t-en, Fred.

– Non. Laisse-la partir. C'est fini. Laisse-la vivre.

Corell regarda son fils sans dire un mot.

– S'il te plaît, plaida le jeune homme. Je ne te demanderai plus jamais quoi que ce soit. Je ferai tout ce que tu voudras. Je l'aime et personne n'y peut rien. Je me fiche de ce qu'elle a fait. S'il te plaît, laisse-la rentrer chez elle.

– Chez elle ?

Il y avait une fureur et une détresse profonde dans le regard de Corell.

– Cette aventurière ? Pauvre imbécile, Morgan m'a tout raconté. Le coup du chapeau, c'est elle aussi : elle a volé une de tes clés, s'est introduite chez toi et elle a déposé dans ton armoire un chapeau pareil à celui de Heller. Elle ne t'a jamais aimé, Fred. Elle a aidé Arthur à te torturer, elle suivait ses moindres instructions. Et pour finir, elle devait te tuer.

– Elle m'a sauvé la vie, dit Fred d'une voix brisée.

– Oui ! s'écria Callie. Je l'ai empêché de se faire écraser. Est-ce que je pourrais le tuer après cela ?

– Elle n'a agi ainsi que pour sauvegarder ses quarante mille dollars, coupa Corell.

– Non ! Non !

Callie se tourna désespérement vers le jeune homme.

– Fred, j'ai fait des tas de choses ignobles, c'est vrai. La drogue, Heller. Et ce n'était pas la première fois. Il a raison, je suis une professionnelle. Depuis longtemps. Mais je suis tombée amoureuse de toi, à cause de ta gentillesse, de ton honnêteté. Tu dois me croire, tu le dois. C'est la seule chose positive qui me soit jamais arrivée, Fred, je ne t'aurais jamais…

Une détonation étouffée retentit, suivie d'un petit bruit sourd. Fred vit le sang imprégner les paillettes de sa robe, la stupeur envahir son visage.

– Fred, murmura-t-elle.

Elle tomba, loin de lui, loin de ses bras tendus, et s'affala par terre.

– Callie.

Il s'agenouilla près d'elle. Au bout d'un moment, il leva les yeux vers son père.

– Pourquoi ?

Il était incapable d'articuler autre chose.

– Va-t-en, Fred, dit Corell avec calme. Je m'occupe de tout.

Fred se redressa lentement et regarda longuement son père.

– Oui, répondit-il avec le même calme. Comme toujours...

Il tourna les talons et quitta l'appartement.

21

Il sortirait de l'immeuble. Il marcherait jusqu'à une cabine publique. Il ouvrirait la porte, entrerait, sortirait une pièce de sa poche et l'introduirait lentement dans la fente. Puis il composerait le numéro. Lorsqu'il entendrait la voix, à l'autre bout du fil, il dirait : « Si vous vous dépêchez, vous capturerez un assassin ». Puis, nettement, froidement, il leur donnerait tous les détails nécessaires.

Il avança sous la lumière diffuse des lampadaires. Ses yeux étaient remplis de larmes. Larmes pour Callie. Et aussi pour son père.

Il s'assit sur un banc, en face de la statue de Garibaldi, et il comprit soudain que son oncle avait raison. Il était un Corell. Le Corell que son père n'avait jamais réussi à être et ne serait jamais.

L'AUTEUR

Jay Bennett est l'un des auteurs de romans policiers les plus connus aux États-Unis. Il a obtenu à deux reprises l'« Edgar Award », prix récompensant le meilleur roman policier de l'année, et chaque nouveau livre qu'il écrit est un plaisir renouvelé pour les amateurs de « thrillers ». Jay Bennett a déjà publié *L'impasse du crime* dans la collection Cascade Policier.

COLLECTION

Cascade

CASCADE POLICIER

ALLÔ ! ICI LE TUEUR
Jay Bennett.

L'ASSASSIN CRÈVE L'ÉCRAN
Michel Grimaud.

L'ASSASSIN EST UN FANTÔME
François Charles.

LE CADAVRE FAIT LE MORT
Boileau-Narcejac.

CHANTAGE TOUS RISQUES
Pierre Leterrier.

LE CHARTREUX DE PAM
Lorris Murail.

LE CHAUVE ÉTAIT DE MÈCHE
Roger Judenne.

COUPS DE THÉÂTRE
Christian Grenier.

DES CRIMES COMME CI COMME CHAT
Jean-Paul Nozière.

CROISIÈRE EN MEURTRE MAJEUR
Michel Honaker.

DANS LA GUEULE DU LOUP
Boileau-Narcejac.

LE DÉTECTIVE DE MINUIT
Jean Alessandrini.

UNE ÉTRANGE DISPARITION
Boileau-Narcejac.

HARLEM BLUES
Walter Dean Myers.

L'IMPASSE DU CRIME
Jay Bennett.

LE LABYRINTHE DES CAUCHEMARS
Jean Alessandrini.

MICMAC AUX MILLE ET UNE NUITS
Paul Thiès.

OMBRES NOIRES POUR NOËL ROUGE
Sarah Cohen-Scali.

ON NE BADINE PAS AVEC LES TUEURS
Catherine Missonnier.

PEINTURE AU PISTOLET
Thomas Garly.

POURSUITE FATALE
Andrew Taylor.

COLLECTION
Cascade

RÈGLEMENT DE COMPTES EN MORTE-SAISON
Michel Grimaud.

SIGNÉ VENDREDI 13
Paul Thiès.

LA SORCIÈRE DE MIDI
Michel Honaker.

SOUVIENS-TOI DE TITUS
Jean-Paul Nozière.

LES VISITEURS D'OUTRE-TOMBE
Stéphane Daniel.

LES VOLEURS DE SECRETS
Olivier Lécrivain.

CASCADE AVENTURE

ALI DE BASSORA, VOLEUR DE GÉNIE
Paul Thiès.

LE BUVEUR D'ÉCUME
Yves Pinguilly.

LA COUR AUX ÉTOILES
Évelyne Brisou-Pellen.

DATE LIMITE
Jean Alessandrini.

LE FÉTICHE DE JADE
Jean Guilloré.

L'HÉRITIER DU DÉSERT
Évelyne Brisou-Pellen.

LES LARMES DE LA JUNGLE
Pierre Pelot.

LE MAGICIEN D'OR
Roger Judenne.

MIGUEL DE LA FAIM
Nicole Vidal.

LE PARADIS DES AUTRES
Michel Grimaud.

LE PAS DES FANTÔMES
Valérie Dayre.

PEUR BLEUE EN MER ROUGE
Jean Guilloré.

LE PRINCE D'ÉBÈNE
Michel Honaker.

PRISONNIÈRE DES MONGOLS
Évelyne Brisou-Pellen.

LE SERMENT DE SARAH
Jane Yolen.

LE SORCIER AUX LOUPS
Paul Thiès.

Achevé d'imprimer en Août 1994
sur les presses de
l'Imprimerie Hérissey à Évreux
N° d'édition : 2494
N° d'imprimeur : 66413